大方
sight

PENELOPE FITZGERALD

天使之门

The Gate of Angels

[英] 佩内洛普 · 菲茨杰拉德 著
熊亭玉 译

中信出版集团 | 北京

图书在版编目（CIP）数据

天使之门 / (英) 佩内洛普 · 菲茨杰拉德著 ; 熊亭玉译 . -- 北京 : 中信出版社 , 2021.4
(佩内洛普 · 菲茨杰拉德作品)
书名原文 : The Gate of Angels
ISBN 978-7-5217-2969-6

Ⅰ . ①天… Ⅱ . ①佩… ②熊… Ⅲ . ①长篇小说-英国-现代 Ⅳ . ① I561.45

中国版本图书馆 CIP 数据核字 (2021) 第 050120 号

THE GATE OF ANGELS
First published in Great Britain by Collins 1990
Previously published in paperback by Flamingo 1991

天使之门

著　　者：[英] 佩内洛普 · 菲茨杰拉德
译　　者：熊亭玉
出版发行：中信出版集团股份有限公司
（北京市朝阳区惠新东街甲4号富盛大厦2座　邮编　100029）
（CITIC Publishing Group）
承 印 者：上海盛通时代印刷有限公司

开　　本：880mm × 1230mm　1/32　　印　　张：7　　字　　数：112千字
版　　次：2021年4月第1版　　印　　次：2021年4月第1次印刷
京权图字：01－2021－1364
书　　号：ISBN 978－7－5217－2969－6
定　　价：55.00元

目　录

第一部

第一章　弗雷德的三封短信　003
第二章　圣安杰利卡斯学院二三事　014
第三章　弗雷德得到这份工作的来龙去脉　019
第四章　圣安杰利卡斯学院的晚餐　029
第五章　在教区长的家中　034
第六章　反对者社团　049
第七章　谁是黛西？　061

第二部

第八章　黛西　073
第九章　黑修士医院　086
第十章　男病房　099

第十一章　病人詹姆斯·埃德　104
第十二章　凯利　113
第十三章　黛西离开伦敦　122

第三部

第十四章　黛西的行踪并不神秘　131
第十五章　在乡下散步　140
第十六章　费尔利家人来访　152

第四部

第十七章　马修斯博士的鬼故事　163
第十八章　不同寻常的诉讼案件　179
第十九章　凯利倒地休息　187
第二十章　弗雷德给学生的建议　195
第二十一章　在塞奇医生的医院　201
第二十二章　天使之门　207

第一部

第一章

弗雷德的三封短信

*

风居然这么大，居然吹到这么内陆的地方；下午晚些时候，一群人骑自行车进入小镇，在这样的天气里，他们看上去更像是身处险境的水手。顺着磨坊路往北，经过墓地和济贫院，这是一条通往剑桥镇的道路。到了空旷地带，左手边，风刮起柳树的枝丫，在空中较量，最后柳枝承受不住，噼啪作响，从树杈上裂开，落在湿透的草地上；瀑布般的嫩枝垂落在地，痉挛地抖动。这些银色的枝条突然遍地都是，随处可得，奶牛从未见过这景象，疯了一样，用头顶着柳枝，抛来抛去。柳条缠绕在牛角上，遮挡视线，奶牛看不清楚，绊倒在地。有两三头奶牛，傻子一般，仰面躺着，左右打滚，本应永远遮掩起来的灰白色大肚皮暴露无遗。就这样，它们还在反刍。这是一个大学城，致力于逻辑和理智，眼前却是一幅混乱的场景，树梢坠落地面，牛腿挥舞在空中。

费尔利尽全力拿出了最快的速度，他不太喜欢被其他骑车人赶超。没人喜欢被其他骑车人赶超。天气如此恶劣（有些人已经被风吹翻倒地），磨坊路成了展示骄傲的场所。

这是1912年，所以费尔利的皇家阳光牌自行车肯定已经骑了十三个年头。车子的帕尔默轮胎，在潮湿光亮的路面上会留下长长的细线痕迹。他赶超一个人，感觉好了一点。从背后望过去，这人好像是他的一个熟人，赶上一看，真的是熟人，是感官生理学的讲师。这位讲师大声叫道：

“你知道吗？它们站不起来了，可怜的牲畜，可怜的畜生！”

他大声嚷嚷，就像是在海水浴场那样大声嚷嚷。一顶帽子被吹到了空中，皱皱巴巴，没了形状，到处乱撞，大家不得不四处转向避让。一队人骑了过去，其中一个抽身离开了人群，沿着路边骑着。

“斯基普！”

他听不到斯基普说了什么，于是慢下来，来到斯基普的身旁，骑在避风的一侧。

“你刚才说什么？”

“思想就是血液。”斯基普回答道。

最开始的那个熟人，再次赶了上来。三人并排而行。

他的声音几乎要淹没在风声中。

“我刚才说错了。站不起来的是羊，绵羊。”

“可以喘口气了！”费尔利叫道。此刻，雨刚收住，风刮过，雨水从树上落下，就像一把把的碎石，硬邦邦地砸下来。

到了基督之地公园，费尔利右转，迎风而上，最后在圣安杰利卡斯，自己的学院门口落下脚来。

安杰利卡斯[1]真的是一个非常小的学院。要找到这个学院不容易，安排入住也是难题，过去五百年来，一直就是笑话不断。二十世纪以来，困难就更多了，比如说，研究员的自行车车棚。车棚在学院创始人雕像入口的附近，靠在一堵内墙边，矮小局促，就像是乡下人的窝棚。即便是乡下人的修车棚，或是其他窝棚，也要避风避雨，这个车棚却是三面迎风飘雨。那么，谁会在你之前到这里停车呢？当然是本学院的导师，从第二次布尔战争[2]以来，他就一直如此。这位导师是东安吉利亚片区自行车兵团的志愿者，多半是出于虚荣心，随时都骑着那辆特别改装的安

1 原文“Angels”，即上文 St Angelicas 的简写，照应了书名《天使之门》。（编者注）
2 1899 年 10 月 11 日—1902 年 5 月 31 日，又称南非战争。（译者注。本书所有脚注如非特殊说明，皆为译者注。）

全自行车，车上有一个装信号旗的皮革箱，一个来复枪的支座，另外还有一个备用的水桶。车停在那里，除了占据自己的车位，还要占用下一个车位八分之三的空间。如果你是最后一个回来的人，车棚里就没了位置，所以，门房在墙上方钉了一个大铁钩。这个傍晚，费尔利就是最后一个到的，他只能使出蛮力，一番拉扯，把自己的车固定到大铁钩上。

雨水顺着费尔利的脸往下淌，聚集在鼻尖，滴落下来。这车棚也许还算不上窝棚呢，更像是船上桥楼的防波屏障，里面的水只是比外面少一些罢了。踏出车棚，迈进傍晚的微光中，他穿过雕像下的拱门，走进内庭，庭院里种了好大一棵胡桃树。一入内庭，风就完全被挡在外面，几乎感觉不到了。仿佛之前整个人都是迷迷瞪瞪的，或是在做梦，也许此刻依然在做梦。他踏上草坪，要抄近路，朝对角线方向，自己位于西北角的房间走去。树下一片漆黑，这时，一团黑影移了出来，原来是学院的院长。庭院里的空气静如止水，他身上的袍子也几乎纹丝不动。

院长双目失明。费尔利犹豫了。院长失明也有十三个年头了，这个小小的学院，里里外外，院长应该是一清二楚的；他的确是清楚的。他停在胡桃树下，也许是为了感受一下胡桃的收成怎么样。这棵胡桃树很古老，圆锥体果实，佩里戈尔品种，花期晚。

院长的声音洪亮地传过来，但他并没有提高嗓门说话。“只有本学院的研究员才可以踏上这块草坪。你可以吗？”

“是的，院长，我可以。”

“你是谁呢？”

“我是弗雷德·费尔利。”

“费尔利，你是不是出了事故？最近的事情？”

“是的，院长。”

“骑车被撞受伤，还是摔下来受了伤？”

“我认为两者兼有。”

“不会糊涂到不去医院吧？”

“院长，我现在已经好了。”

“请扶着我的左臂。”

扶院长胳膊是有讲究的，只能伸出两根指头搭在前臂上。然而，带路的人是院长，他慢慢绕着大树干转了一圈，然后又转了一圈。他静静地说道：“费尔利，你湿透了。”

“是的，院长，对此，我很抱歉。”

“好了，现在，你来告诉我吧，最重要的那个问题，你做出决定了吗？”

“你是说我的宗教信仰?”

“上帝呀，不是的!”

门打开了，墙上出现了一块方形的亮光，大导师走出来，关爱地接过院长，而院长一点儿也不需要人扶。

“大导师，一两件事情。第一，由于某种原因，费尔利湿透了。他的房间在哪里?”

“我记得是在西北角。”

“那就说第二件。大导师，我们学院里有小猫，很小的小猫。我清楚地听到了它们的叫声。所有的哺乳动物都是如此，最初是愤怒的叫声，随后才会发出哀求的调子。”

“可能是在厨房，”大导师说道，“我会告诉管理员的。”

就如在阿索斯山[1]，这所学院的地盘上也不允许出现有繁殖能力的雌性动物，可学院拿椋鸟也没办法。寝室管理员和清洁工也没有女性，任何年龄段的都没有。这些规定由来已久。费尔利继续沿着对角线往前走。走到楼梯下面，他脱下巴宝丽外套，挂在古老的楼梯栏杆柱子上，用力拍打一两下，甩掉雨水。接着，他走上楼梯，回顶楼的宿舍。路上碰到大学校工比兹利。比兹利个子矮，所有的

1 希腊北部马其顿的一座半岛山，被东正教认为是圣山。

校工都是这样，可能挑选他们的时候，看重的就是这一点。五年前，弗雷德被任命为初级研究员时，就与比兹利讲好了，比兹利不需要询问他的房间是否需要生火，因为他完全可以亲力亲为；他也从不需要在厨房订餐；不用告诉他门房处拿来的是紧急信件。

“紧急信件，费尔利先生。”比兹利赶上他，递给他三个信封，其中两个很干净，另一个不怎么干净。

学院没有铺设煤气管道，弗雷德拧开阿拉丁油灯。灯抛出一圈内光环，明亮而宁静。壁炉像炉子一样，封了火，房间里冷热界限分明。到了顶楼，再次听到风声。风吹打着玻璃窗，想要进屋来；而屋顶的石板瓦则振奋精神，与风抗争，免得落下去。学院自从落成以来，要么寒冷，要么潮湿。但弗雷德是在教区长家中长大的，而教区长的住宅是这世界上最八面来风的地方之一，所以他不觉得有理由去抱怨。他把靴子、袜子、绑袜带、帽子挂在壁炉的铜质护板上，就像是给火神献上供品。东西冒起了热气，他长长的脚丫也冒起了热气。回来太晚，学院食堂的晚餐已经结束，他从壁橱里拿出一把刀和一块农家面包，开始烤吐司。他明白，自己能在安杰利卡斯学院做初级研究员是多么幸运的一件事。

第一封短信是院长写的。字迹成行往下倾斜得厉害，但也清晰可辨。“我必须对刚才在庭院所说或者是所暗示的话道歉，其内容有不实的部分。我问你是谁，但我当然知道你是谁。学院里每个人的声音，我都知道。他们的脚步声，即便是走在草地上，我也知道，其实在草地上的脚步声我更为清楚。一般情况下，你都是从西南偏南方向出发，直接走到东北偏北方向，但今晚并非如此。你肯定是在碎石小路上走了一小段路，我因此迷惑，进而烦恼。我想，我说的话在一定程度上反映了我的这种情绪。”院长喜欢发送这样的短信，他关注的是真实，或者说旨在每晚入睡之前确认自己没有说过或写过有违真实的话，若有，则业已更正。对于院长而言，这是很短的一封信。弗雷德已经学会了与这些人相处，并且实实在在地觉得这一切（就如这冰冷的房间）理所应当。

第二封短信是斯基普的。他是耶稣学院的，肯定是在回去的路上，把信顺便放在门房那儿。上面写着：“亲爱的老兄，刚才在磨坊路上，我觉得你没有听见我叫你。今天晚上的反对者社团，索普让我们失望了。他说他病了。他称之为流感，我们称之为失望。幸运的是，你的伤已恢复，我们想要你在今晚的辩论会上代表我们发言。你是反方辩手。辩题是‘灵魂不存在，从未存在过，也不应存在’。查尔斯·雷丁是正方辩手。关键在于，他是神学研究者，所谓‘虔诚之人’之类的。所以，他当然会说，我们唯一能确定的只有肉体，还会说思想是血液，等等。而你弗雷德，作为极端的无信仰者，不得不支持灵魂。辩论结束后，有葡萄酒和饼干。还有，弗雷德——”比兹利还在徘徊。弗雷德问他：“院长需要回信？”

“先生，他没有说要回信。”

弗雷德心想，我肯定是让比兹利失望的。请注意，烤袜子，烤吐司，我都比他干得好得多——但气魄在哪里？派头在哪里？他看我第一眼，肯定就死心了，他明白照顾我，没钱可赚。现在，他还在，我也喜欢他，是不是该攀谈几句呢？

“比兹利，看来我还得出去一趟，他们要我去演讲。刚才下雨，我这儿正在烘干衣服。我的样子是不是衣冠不整？”

“是的，费尔利先生，非常不整。”

比兹利心满意足。他走出去，关上了四英寸厚的橡木门，顺着旋转楼梯而下的脚步声也被关在了门外。

弗雷德看了看手表。这块银质手表的主人是他父亲，当年他被任命为初级研究员，父亲把这表给了他，但也不算彻底给他。之后几次回家度假，他父亲都打算借走这块表。他意识到自己今晚根本不想出去，有一封信必须马上写，必须马上寄出去，但另一方面他又不应该辜负这个反对者社团。究其原因，他曾对斯基普伸出过援手，与钱有关，短期借贷。事情就是这样，你一旦帮过这个人，你就有义务一直帮他。现在他的身体暖和过来了，可脑子还没有缓过劲来，他无法思考，更不要说有序地思考——为灵魂而辩护，他能有什么可说的呢。

第三封的信封不太干净，里面装着两张从笔记本上撕下来的纸。一个熟人写来的。他是在哪儿第一次见到霍尔库姆的呢？为什么之后就不太想再见到他呢？弗雷德记不清楚了。他们现在是熟人关系。信里讲的是两天前他们讨论的话题。霍尔库姆肯定是有了新的想法，才来到学院门口，得知弗雷德已出门，立刻就写下这封信。要知道，对霍尔库姆而言，有话不说，其危险程度不亚于消化系统堵塞。

"……费尔利，我们跋涉在迷人的湿地，只探讨知识层面的问题，走上十五英里的路程，最后来到了剑桥某个温暖而友爱的壁炉，喝上了威士忌！这是男人的享受。如果一个人要结婚，那么，妻子就有合法的权利与此人同处一屋，甚至同处一室！从肉欲的角度，可能方便至极，但如果妻子想要交谈呢？你的处境则更为简单。你甚至不需要做出自己的决定。二十五岁，决定已然摆在了你面前。

如果你留在圣安杰利卡斯学院，则不能结婚。如果离开，可以另找差事，但不可能再有初级研究员之职。你没有选择。事实上，你必须警惕自己选择能力的逐渐丧失。我想到了铁生锈，想到了弹簧逐渐失去弹性。也许你会发现自己完全忘了如何选择。可是，要实现人类意愿和人类行为，必定要有所可选。然而，如若率性直言，据我看来，你似乎根本没有必要去结识任何年轻女子——”

写到此处，霍尔库姆的信纸用完了。等到弗雷德下一次见到他，他便会从此处开始侃侃而谈，仿佛届时说出的话与此时写在纸上的字可以无缝连接。

壁炉旁边有个煤桶，对面是雕花的橡木柜子，装面包的壁橱则是另一个。打开橡木柜子，扑鼻而来的是另一种霉味。弗雷德从中取出几张学院的信笺纸。他摇了摇自来水笔，看看里面还有多少墨水，然后写道：“亲爱的桑德斯小姐”。

第二章

圣安杰利卡斯学院二三事

*

圣安杰利卡斯学院有两大不同凡响之处。其中之一，与圣安德鲁大学[1]共享，即本学院事实上根本不存在，因为批准学院创建的人为教皇本尼狄克十三世[2]，而经过多年激烈的争论后，世人宣布此人并非教皇。本尼狄克十三世于 1394 年合法登上教皇宝座，两年后得知自己被废。可在这世上，无论是按照教规还是法规，任何人都无权这样做。国王和皇帝可以被推翻，而合法当选的教皇不在此列。本尼狄克来自执拗顽强的阿拉贡王国[3]，他是那片土地上最执拗顽强的人之一。1415 年，他隐居城堡。这座城堡建在高达六十四米的嶙峋岩石之上，通过一片沙地与

---

1 始建于 1413 年，位于英国的苏格兰。

2 本尼狄克十三世（Benedict XIII，约 1328—1423 年），西班牙籍。

3 阿拉贡王国（1035—1707），伊比利亚半岛东北部阿拉贡地区的封建王国。

卡斯特利翁[1]相连，涨潮之际，沙地则淹没在海水下。在佩尼斯科拉这一小岛上，他用以前的书和旧帷幔布置城堡的大厅，继续宣教布道。没关系，反正他已九十高龄，随时可能咽气。但他并没有咽气，依旧精神抖擞。为了抚平众人的良心，欧洲各国国王一致商定，安排给他下毒。本尼狄克一直清心寡欲，仅存的唯一弱点就是嗜吃榅桲果酱。为他制作果酱的是欧洲大陆一家修道院的修女们。众人一番调查，找到一位精通在甜食里下毒的本笃会修士，又买通一名随从，把甜食带到教皇的书房。但是，这位老人食用后狂吐不已，彻底清除了胃里的毒药。随从被抓起来，本笃会修士被判有罪，活活烧死。五年后，教皇寿终正寝，体面辞世，安葬在他的故乡伊路卡。西班牙王位继承战争[2]期间，肆无忌惮的法国士兵挖出他的尸体，砍掉头颅，随意丢弃。后来，头颅被一位本分的工人捡回，成了圣物，保存至今。事实上，圣安杰利卡斯学院的大导师曾专程远赴阿拉贡，亲眼目睹此物，一同前往的是詹姆斯学院的院长、闻名遐迩的古文物学家马修斯博士。这两人

1 现为西班牙省份之一，在巴伦西亚自治区北部。

2 1701—1714 年，因为西班牙哈布斯堡王朝绝嗣，王位空缺，法国波旁王朝与奥地利哈布斯堡王朝为争夺西班牙王位而发动的一场欧洲大部分国家参与的大战。

享受到了特别的安排，银质的圣物盒为他们打开，他们得见本尼狄克十三世的颅骨。两个人都注意到，教皇的右眼珠依然可见，悬于眼窝之后，状如黑色果冻。

“在我看来，那眼珠分明就是对我们瞥了一眼，”那位院长说过，“似乎目光一闪。是的，某种交流。若是能见到整个骨架，我猜测，骨架应该是一只手捂心的姿态。”圣安杰利卡斯学院的牧师后来说，大导师不该与那位院长同去西班牙。他说，那位院长闲暇时间写鬼故事，还要大声朗诵，一旦涉及骸骨和坟地，无异于老妇人。“这两位一定吃尽了苦头！要知道，西班牙的煎蛋卷要放土豆，而且还要骑在驴背上赶路！”

“嗯，他们是从萨拉戈萨搭乘当地火车前去的。”有人纠正道。

“西班牙火车！更糟，糟糕透顶。”这位牧师说道。

圣安杰利卡斯学院面积小，这是它不同凡响的第二点。它是剑桥最小的学院，而且从来没有表现出任何横向或是纵向扩建的迹象。学院建于十五世纪，其方案是要尽可能地摆脱修道院风格。虽然袖珍，但真的像堡垒，玩具堡垒，却是坚不可摧的玩具，墙体厚度达到 3.5 英尺，没有用一块碎石。没有回廊，没有医务室，没有安养院。（坦率地说）不欢迎外来人，陌生人自然是不欢迎，不是陌生人也不欢迎。院长并没有另立别院，而是与研究员一起挤在楼上，因为这样的待遇安排，在过去曾有“邋遢院长”的美名。岁月流逝，虽然不情不愿，但屋顶上好歹是多开了几个口子，修了更多的烟囱，房间里都添了壁炉，每层楼梯的平台上有了自来水龙头。1415 年，所有的学院都不为学生提供睡觉的地方，现在到了 1912 年，圣安杰利卡斯学院还是没地方给学生睡觉，也没有为学生建学舍，学生只好自己找地方住。下午六点钟，最后一批学生离开学院，如倦鸟归林，叽叽喳喳的声音渐渐消失在远方，待他们再次被想起，已是第二天清晨。围墙之内也没有地方可供学生停放自行车，他们只好把自行车堆在大门外。雨雪风霜的侵蚀，大门上的纹章已经风化变平，上面有两个熟睡的天使，他们在等待最终的审判日，届时天理昭然，本尼狄克十三世终于沉冤得雪，而天主教会自 1396 年后的所作所为则是名不正言不顺，将被彻底否决，碾作尘土。学院的座右铭“Estoy in mis trece”，并不太适合学府，却是本尼狄克寥寥无几的语录之一，意为“我心不变”，但其实“禁止入内”的译文更为贴切。

该学院精通蜗居这门艺术。地窖肯定是有的，而且还在地下延伸，超过了学院的建筑用地，差不多到了巴茨绿地的下面。1911 年雷司令白葡萄酒和香槟酒的产量颇高，圣安杰利卡斯学院大量购入储藏在地窖，而且还在讨论是否要进一步挖掘，再建一个地窖。但是，在地面上居住的人只有院长、学院校工和六位研究员。过去的三十年里，其他学院陆续允许研究员结婚，并且允许他们在学院外居住，而圣安杰利卡斯学院对此依然严令禁止。既然严令禁止，众多的问题则不必讨论，就节约了大量的时间；但人力也必须节省。弗雷德被授予初级研究员职位的同时也附带了其他的职务：副管风琴师、助理图书管理员、副管理员、助理财务主管。“助理”“副”等字眼到底何意呢？并非弗雷德有主管这些工作的顶头上司，而是他的工作义不容辞，没有报酬。

第三章

弗雷德得到这份工作的来龙去脉

*

弗雷德参加了理科学士学位考试，获得一级优等，并在此等成绩获得者的一次聚会上遇到了弗劳尔迪教授。聚会上有点心，有音乐，接着一场瓢泼大雨浇下来，聚会泡汤了。剑桥经常上演这样的情况，人们认为这里降雨量小，就一次次地冒险行事。大家冲到卡文迪许实验室避雨，弗劳尔迪教授一直在此院任职，不喜欢派对（派对以前被称为聚会，他从那时起就不感兴趣）。当时，他刚离开物理实验室，神情忧郁地朝着侧面转头示意，邀请弗雷德到他楼上的办公室去。教授的办公室终究还是与大多数房间没有两样，光线昏暗，外面的楼道又黑又脏。办公室的墙上全是照片，办公桌上钉的照片更多。弗雷德嗅了嗅这里的气味。他雄心壮志，想着有一天能在卡文迪许拥有这样一间办公室。

弗劳尔迪教授从显微镜旁边的凳子上站起来，坐到办公桌后面，对弗雷德说道：“你对我了解多少？”

“我刚刚才拿到学士学位，”弗雷德回答道，“我对您真是一点儿也不了解。”

“嗯，我对你有所了解。是的，有所了解。我知道你是个聪明的小伙子。我知道你是教区长家庭的孩子。他们说，在卡文迪许，我们必须将就使用各种因陋就简的仪器。但是，如果你是教区长家的孩子，厉行节约对你并非难事。”

“真是意外之喜，您还听说过我。”弗雷德说道。

“然后呢？”

“我想过问威尔逊教授，看能否与他共事。我的意思是在某一方面共事。也许，我可以帮忙看照片底板。他是我高等物理实验课的导师。”

“C. T. R. 威尔逊[1]。苏格兰人，非常好的人，非常有耐心。他的黑板板书，你看得懂吗？”

“一般情况下，看不懂。他一只手在写，同时另一只手又在擦。但是，如果我有幸研究他的方法——”

“你想要帮助他建立他的第三云室[2]。你想要拍摄下所

---

1 C. T. R. 威尔逊（Charles Thomson Rees Wilson，1869—1959），英国物理学家。

2 云室是用来侦测游离辐射的粒子侦测器，由 C. T. R. 威尔逊于 1896 年提出，故称威尔逊云室。

谓的电离粒子的径迹[1]。”

弗雷德脸红了。“毕竟遇上了剑桥的大好年华。”

“你醉心于原子研究?”

“我亲眼看见欧吉斯特·卢瑟福[2]走进卡文迪许,”弗雷德大声说道,“我听过他的讲座。一切都能自洽。如果拍得出,肯定就是真的。”

“好了,好了,”弗劳尔迪教授说道,“我觉得它保持自洽的时间也不会短,大概会有六七十年吧。以前人们认为自然或是看不见的神创造了这个世界,这世上的每件东西都自有安排,这一理论持续的时间长得多,也行得通。可这一套已经被我们全然摒弃,因为我们找不到上帝或是自然之神存在的证据。”

“确实没有证据,”弗雷德说道,“那属于信仰的范畴。毕竟,我们只能用观察得到的东西推理。”

“正是如此,”弗劳尔迪教授说道,“但是,原子是无法观察到的东西。”他指着墙上的一张照片。

“知道他是谁吗?”他问道。

照片上的人,个个蓄着胡须,高深莫测,其中一个用

---

1 粒子在穿越路径上留下的痕迹。

2 欧吉斯特·卢瑟福(Ernest Rutherford,1871—1937),英国著名物理学家,原子核物理学之父。

红圈标记出来。弗雷德看着照片，有些不知所措。这些人身着双排扣大礼服，头戴高顶礼帽，站在大楼外，看起来遥远而冷漠，弗雷德认不出来。

“那是恩斯特·马赫[1]，照片拍摄于维也纳，当时他从大学物理系主任的位置上退了下来。我曾与他通信，现在停止了。正是通过他的讲座和他的《力学》，我认识到，如果科学研究没有建立在可观察的基础上，都是愚蠢的行为。不要忘了，马赫是一位深受尊敬的物理学家。他建树颇丰，其中一项就是创建了物体速度和局部音速之间的关系。但是谈到原子，马赫对全世界说，不要致力于此！原子并不是现实的存在，只不过是暂时的理念，既然如此，我们如何能说它存在于空间中呢？人们赋予原子的特性，与人们从其他任何物体上观察到的特性完全相悖，如此我们就应该对它持怀疑的态度。如今，延续性被弃之不用。终有一天，我们会发现没有延续性就行不通，只希望到时候人们还记得延续性是什么。”

他同情地看着弗雷德：“你饿了吧？现在下楼也无济于事，理学院的人应该是吃光了所有的东西。有机化学家

---

1 恩斯特·马赫（Ernst Mach，1838—1916），奥地利—捷克物理学家、心理学家和哲学家。

扫光了所有的三明治。我来告诉你，未来数个世纪里，原子研究会是什么样吧。”

“表面上会有很多成果，有些成果有用，有些蔚为壮观，有些很可能不尽人意。但是，因为目前原子研究的整体基础并不稳固，整个体系会相继出现裂痕。物理学家开始建构原子的模型，事实上，此时此刻，卡文迪许已经有了一些非常不错的模型。接着，他们就会发现这些模型解释不通，因为只有在原子真正存在的情况下，模型才有可能说得通。于是，他们就会用数学术语来替代模型，模型无法延展到严丝合缝的程度，但术语可以。结果他们就发现，因为研究的是无法观察的东西，也就无法测量，然后我们就听到他们说，位置可能是这个，能量可能是那个，仅此而已。他们无法理解能量，就会被迫得出能量多多少少是随意来去的理论。到了这个程度，假设就开始崩塌。他们不得不拿出更多光鲜的观点来遮掩裂痕，来填塞不堪入目的角落。届时，他们就会提出基本微粒，这些东西除了有奇怪的名字，其他一无所有；他们还会提出反物质，应该有，可是没有。到了世纪末，他们就不得不承认，本应发现的规则似乎在以绝对无序的状态运行。费尔利，什么是无序的规则？”

“听起来像是混沌的意思。”弗雷德说道。

“混沌也只存在于他们的脑海中，也是无法观测的。”

“您觉得应该怎么做呢?”

“承认方向错误，回归研究可以通过感官了解的东西。如果科学家不依靠真凭实据，科学就无异于八卦。”

弗劳尔迪教授说，自己很幸运。过去十年左右的时间，剑桥出人意料，承蒙上帝的恩典（用他们自己的话来说）拿出了教职，甚至是教授席位，其存续期限视必要性而定。比如说，有军事研究特别委员会创建的旅外学士学位，“以鼓励到国外做调查”——换言之，就是间谍奖学金。为了平衡制约，也设置了一些并没有任何实用价值的职位。赫伯特·弗劳尔迪得到了观察实验物理学的临时教授席位。

“幸运”这个词让弗雷德大吃一惊。他觉得，运气和机会本就不应该存在于科学领域，更何况是卡文迪许实验室这样的地方。

“卡文迪许现在人满为患，”弗劳尔迪说道，“有一种小酒馆的氛围。我在机械论哲学系给自己找到了一间小实验室。”他本人的实验遵循的是均等和互惠的原则。也就是说，他的研究绝不会出现纰漏。

弗雷德觉得很难受，忍不住问弗劳尔迪是不是对威尔逊、卢瑟福、普朗克[1]和尼尔斯·玻尔[2]的研究工作毫无兴趣。那一年，弗雷德听过玻尔的讲座，但玻尔说话几乎让人听不清楚。

“当然不是。我对他们发表的文章很有兴趣，英文和德文的期刊，我都在读。我钦佩他们的研究结果，仰慕他们的才华。但是，当我想到他们的将来，我听到了老人的悲叹，听到了上帝弃子的哀鸣。”

弗劳尔迪自掏腰包，年薪一百英镑，雇用一名助手为他指导并全面接管物理系的学生。与此同时，他还能保证这位助手在圣安杰利卡斯学院得到初级研究员的职位。圣安杰利卡斯学院有了这一空缺，并不是有人死了，而是推进剂专业的一位讲师被意外召回了德国。弗劳尔迪明确地告诉弗雷德，做初级研究员，必须帮忙管理图书馆、餐饮和账本，同时还要兼任助理管风琴师、维护十五世纪的乐器藏品，甚至还要给这些乐器调音。说到这里，弗雷德不乐意了。

“我做不了那个。在家的时候，我顶多也就是在唱诗班帮帮忙。我甚至就没有见过十五世纪的乐器。”

---

1 马克斯·普朗克（Max Karl Ernst Ludwig Planck，1858—1947），德国著名物理学家，量子力学的创始人之一。

2 尼尔斯·玻尔（Niels Henrik David Bohr，1885—1962），丹麦物理学家，1922 年获得诺贝尔物理学奖。

“我们暂且不谈乐器的事情。不用现在就答复我。考虑一下。”

弗劳尔迪说的是“不用现在就答复我”，实际的意思是“不要因为你是教区长家的孩子，靠着奖学金上大学，无依无靠，就立刻答应下来”。他这样说，让弗雷德很是触动；他也没有很多其他教授司空见惯的行为，同样让弗雷德触动。剑桥很多大人物都给自己的手下勾画出金碧辉煌的未来，弗劳尔迪与他们不一样。他认为原子物理学根基不稳，但并没有要求弗雷德同意他的看法，他没有这样。他显然是个孤独的人，但并没有把自己的孤独当回事。他有所欠缺，但欠缺的并不是自信，而是自我肯定，弗雷德喜欢的就是这一点。弗雷德本人并不自负，而只有谦虚的人才能欣赏谦虚。弗劳尔迪站出来，以一己之力对抗众人，并非因为一无所知，而是因为见多识广，这一点也吸引了弗雷德。但说他“站出来”，也许是用词不当。这位教授和弗雷德的父亲差不多，只凝望窗户外的教区，是不会站出来的。

这次谈话后，弗雷德没有答复弗劳尔迪就回家了。他回到教区长的家中，邻居们前来拜访，庆祝他获得了物理学的一等学位，问他接下来要做什么。乡村司铎问他，是不是要让所有人都大吃一惊。后来，弗雷德和两个朋友去奥地利徒步度假。这是他人生第一次觉得不欠任何人的情。他们去了萨尔茨堡的阿尔卑斯山，住在布鲁克曼旅馆，为了省钱，要的是三人经济间。到了晚上，烛光摇曳，两个女仆和旅店老板的女儿出现在房间门口。只有弗雷德还没有睡，他顿时有了一种活在民间故事里的感觉。他叫醒了另外两人，跟着老板的女儿下楼。老板的女儿有钥匙，从餐厅拿了两瓶葡萄酒，多了也不敢拿。等他们回到楼上，原本睡觉的人都穿好了衣服，僵硬地坐在床边，一言不发，仿佛是等待开口说话的指令。弗雷德一看，觉得太好笑，就笑起来，大家也都笑起来。拿上来的是绿维特利纳酒，喝到嘴里很浓烈的胡椒味。他们吹灭蜡烛，打开百叶窗，窗外星光闪耀。房间里弥漫着一股混杂的味道，有刚刚熄灭的蜡烛芯气味，葡萄酒的胡椒味，年轻女子的气味，还有浆洗衣服的味道，因为两个女仆才熨烫完衣物。

第二天，他们继续旅程，往上攀登，走过草场，越过最初的岩石斜坡地带，到了这里几乎就看不到野生覆盆子。他们再穿过冰冷的背阴面，进入阳光明媚的上陆坡，靠近冰川地带。他们坐下休息，弗雷德那位年长的朋友是化学工程师，他说要回布鲁克曼旅馆去，因为他已经爱上了其中的一位女仆。他们都随身带着行囊。他背上自己的行囊，拿上自己的登山手杖，顺着小路往下走，靴子踩在路上，不断有小石子往下滑。留下的那位朋友说，他要想尽办法去曼彻斯特大学，希望能结识卢瑟福。他说，弗雷德也必须一起去，曼彻斯特如今才是攻坚重地。

“不，我要回剑桥。赫伯特·弗劳尔迪让我当他的助手。”

朋友忍不住落下眼泪。他一直都那么努力，努力了那么长的时间。他觉得弗雷德迷失了方向。“你之前从来没有说过这事。”

“我也是刚刚才决定接受。”

“到曼彻斯特去。”

“我已经决定了。”

第四章

圣安杰利卡斯学院的晚餐

*

詹姆斯一世说过，人应该在国王学院祈祷，在三一学院就餐，在耶稣学院学习。他又补充道（至少说过一次）：“人还应该在圣安杰利卡斯学院宁静地入睡。”这并不是说圣安杰利卡斯学院的晚餐很糟糕，其实恰恰相反。这话只是说，圣安杰利卡斯学院的餐桌太小，安排不下国王的护卫和随从。要适应有限的空间，就得从实际出发，过去如此，现在如此，以后也是如此。在其他学院，喝雪利酒是在公共休息室，晚餐是在食堂，品尝白兰地又另辟圣地。在圣安杰利卡斯学院，这些活动都在食堂进行。学院没有煤气照明设施，甚至没有人提议要铺设照明管道。古老的烛台上，银环缠绕，牢牢地托住点燃的蜡烛。然而这样精心设计的烛台也大可不必，剑桥大学也就只有圣安杰利卡斯学院的食堂没有肆虐的穿堂冷风。四百多年的历史中，学院断断续续地积攒下不少银质餐具，很多都是西班牙风格，大多数都是趁着别的教堂捉襟见肘之际买下的。并非所有的东西都是餐具。有些银器的用途并不为人所知，比如说，有一套工具看起来像是拔牙钳，还有一个像是马梳。在莫雷利亚的大教堂[1]里，这样的东西能有什么用呢？但每天晚上，它们依旧出现在餐桌上，熠熠生辉，然后又被放进银器储藏柜的抽屉里。食堂里弥漫着一种漫不经心的亲热氛围（没有贵宾主桌，因为就只有一张餐桌）。用餐者围坐在一起，挨得很近，亲亲热热，就像是共商大事的密谋者。大家品尝着专门从西班牙圣路卡进口的曼萨尼亚酒[2]。接着，男管家走进来，宣布“院长马上就到”，所有人都站起来。院长的椅子被摆放到合适的位置，他不需要人搀扶，也就没有人去搀扶。学院的牧师诵读饭前祈祷文，这段祈祷文正是本尼狄克十三世在私人场合所用的，最后是一句气势汹汹的西班牙文——世界审判日终将揭开历史的秘密。接着，大家拖动椅子坐下，餐巾落在地上的人，弯腰去捡，短暂消失之后又冒出来。大家继续喝着曼萨尼亚，下一道菜是汤，只有在吃鱼的时候，才改为香槟。之后就上干红葡萄酒。晚餐总是以甜点款待客人结束，就是当年没能毒死安杰利卡斯学院创建者

1 原文为西班牙文。（编者注）

2 一种浅色的干型雪利酒。

的那种甜点。

一次只能邀请一位客人，这份荣耀严格轮流进行。詹姆斯学院的院长马修斯博士是常客，因为几位研究员都喜欢他。他是中世纪研究学者，还是古文字学者，闲暇放松写写鬼故事。如果最近新写了鬼故事，做客时，他就把稿子装在信封里带来，晚餐后为大家朗读。即便是主人不邀请，他也愿意为大家朗诵。但信封一旦揣在外套口袋里，就会显出轮廓。晚餐的主人悄悄询问男管家："弗利，马修斯博士是否带了大信封来呢？"弗利尤其胜任这项工作："先生，他没有带，今晚没有，先生。"于是，晚餐后就不会有诵读环节，也许就听听音乐。有些学院，比如说国王学院，他们用餐后，整晚交谈，但国王学院里全是历史学家和哲学家，他们不需要放松。平时除了放松，他们还干过什么别的事情吗？而依照规定，圣安杰利卡斯学院的研究员都是科学家，或者数学家。

在安杰利卡斯学院，弗雷德本人不高兴的时刻都与西特琴、维埃尔琴之类的东西相关。据他所知，这些乐器即便是调准了音，也不会拿出来演奏的。他知道失明的院长喜爱这些东西，这才继续修修补补。相比之下，弗雷德更喜欢那架管风琴，安放在小教堂阴暗的角落里，一共有二十二个长琴键，十三个短琴键。幸运的是，这架琴的风箱有问题，鼓动不起来，不用修补。但马修斯博士并不怎么喜欢音乐。事实上，他不辨音阶，更喜欢看旧手稿，研究古老的铭文。学院的西南围墙上有一个奇怪的大门，又高又窄，与学院本身一样古老。马修斯博士总是喜欢和院长说关于这个大门的老笑话。“亲爱的院长，除了你的前大门，这就是唯一的出入口，真是无法解释，因为当初修建学院的人似乎满脑子想着不要别人进来。”这道大门上面没有铭文，学院开销记账本上也没有修建这道门的记录。另一方面，学院的年鉴上有两条记录，表明这道大门也曾敞开过：一次是 1423 年 5 月 21 日教皇本尼狄克去世的当晚；另一次是 1869 年，第一所女子学院成立，但当时还未正式属于剑桥大学的一部分。“两次都没有记录表明是谁打开了你们学院的大门，”马修斯博士说道，“也没有说谁关上了大门。”

“谁都无权这样做，甚至院长也不行。”学院的司库说道。

“但如果有人有权这样，或者即便无人有权这样，但门敞开了，你觉得谁或是什么东西会进来呢？”

“我不考虑这样的问题。”院长说道。

马修斯博士转而谈论安杰利卡斯学院图书室的手稿。

他说，早些时候，他在看一本中世纪的祈祷书，让·皮塞勒[1]绘制的手稿装饰梦幻而奇特。手稿上行与行之间有空隙的地方，就会出现一条又长又细、弯弯曲曲的尾巴，或来自老鼠，或来自怪兽，或来自魔鬼。魔鬼的尾巴经常像绳索一般，缠绕在不幸之人的脖子上。“我觉得，就像要把他们卷走一样。”马修斯博士面带愉悦微笑说道。他指出，大多数受害者是炼金术士或是离经叛道的算术师；现在，款待他的主人们围坐在餐桌旁，如若换到十四或十五世纪，则很有可能要下地狱。

马修斯博士侃侃而谈，圣安杰利卡斯学院的研究员们听得乐陶陶。没错，他是个了不起的学者，但在这些研究员看来，他平生所学都发霉落伍了。面对安杰利卡斯学院的研究员，马修斯博士也是乐在其中。他认为，科学让这些人一无所获，而且很有可能相反。

1 让·皮塞勒（Jean Pucelle，1300—1355），法国人，十四世纪哥特风格的手稿装饰人。

第五章

在教区长的家中

*

做初级研究员第一年，到了学年末，弗雷德想，自己不再是基督徒这件事，终归要告诉父亲，但得注意方式，尽量不让父亲难过。这听起来更像是 1857 年，而不是 1907 年。他听过家族的故事，就像是来自远方的回音，或看似英勇岁月大型战役的回忆。他的两个叔叔因为大卫·施特劳斯的《耶稣传》争吵起来，大打出手，其中一个的脑袋撞在栅栏边上，当场开花。另一个叔叔菲利普，余生则有了凶手费尔利的名声，但家里人都装作不知道。弗雷德母亲的家里，有些人很多年互相一句话也不说；还有些年轻女子因为未婚夫不再信教，就毁掉婚约。她们为教堂的传教社团打字，为慈善义卖守摊位，渐渐形容枯槁，没了人形。家里人曾为信仰付出了如此高昂的代价，弗雷德宅心仁厚，对过去和现在一视同仁，觉得自己身处新世纪，也不能太差劲。他觉得，自己应该像以前的儿子那样，回家一趟，当面给父亲解释清楚，甚至要给出自己的理由，虽然在这一话题上，理由并无力量，并不怎么值得称赞，只是体面和礼貌而已。但他父亲肯定会非常难过。讨论这件事，时间要足够，足以感到痛苦，如果可能的话，还要有足够的时间在某种程度上减轻这份痛苦。那么，讨论的时机就是下午五点到六点，这段时间，父亲耐心地坐在书房里等待教区的居民前来咨询，然而他们总是选择别的时间来。书房的窗户面对前院的草坪。以前，到了夏天，每天五点到六点，弗雷德和他的两个妹妹就不可以经过草地，免得打扰教区的咨询时间。但弗雷德、海斯特和朱莉娅当然要穿草地而过，他们就像阿帕奇人[1]，贴着月桂树丛气味苦涩的根部，匍匐前进。猫吃剩的老鼠也扔在树根下。那些日子里，弗雷德一抬头，顺着草坪微微倾斜的坡度，可以看到父亲坐在书桌后面，决然保持清醒的样子，头偏向一侧以示倾听的意愿和状态，双目凝视，望着窗外的暮色。

最好是马上解释，从那个夏天开始，他就不再是信徒，但他不相信上帝并非无缘无故。他认为没有可信的证据表明基督教为真，而且未来也不可能有让他信服的

1 美洲印第安人的一支。

理由。

他父亲很有可能会说，你应该再试一试，弗雷德，你是心胸宽阔的孩子啊。你觉得什么才是让你信服的答案呢？

嗯，父亲，我换一种说法吧。我想要知道事物的真相。我不能姑妄听之，姑且信之，否则就是浪费了你给我的教育，浪费了我的头脑。现在——弗雷德说出这个词的声音都变了，但也没什么大不了的——我们已有的证据都源自我们自己的感官，源自我们之前其他人的感官，他们通过文字来交流他们的发现。此刻，他父亲会说，就像《福音》的作者们，即便他们只是编写委员会的人。你觉得他们是在浪费自己的时间？当然，也是你的时间。虽然父亲的耳朵非常好使，而且弗雷德也克制，但还是发现自己与父亲说话的时候，会稍稍提高嗓门。父亲对抗的方式则是拿出比平时还要安静的声音。不管怎样，弗雷德还会继续说下去。父亲，如果关注体验，就会发现事物之间的相似性与概念前后的连续性，慢慢地，很多代人之后，所有的事情都得到了解释。只要能完整地描述某件事，就解释清楚了——就好比人体解剖。关于人体解剖，已经说尽了，人们可以对其进行描述，也就毫无神秘可言，司空见惯。总有一天，所有曾经似乎是不同寻常的东西都会变得普普通通。父亲就会问，你真的想要这样？弗雷迪[1]，你真的想吗？

弗雷德想象着谈话的场景，他看到自己在书房里来回走动，而他父亲手拿绿色眼镜盒，坐在那里。但是，自己这样走上走下，会让人觉得自己并不十分确定。所以，他想象自己坐了下来，坐在一把并不太舒服的椅子上。与此同时，父亲很有可能会回到之前的那个问题，那个自己还没有回答的问题。父亲会说，弗雷迪，你还没有回答我呢，你觉得什么样的理由才能让你心服口服，相信耶稣死而复生呢？

弗雷德看到自己在留意父亲的声音，以此判断父亲受到了多大的伤害。接下来，他会听到敲门声，只要有人在书房，母亲等不上二十分钟，就会来问他们是否需要点什么，也许会问他们要不要喝大麦茶。大麦茶装在罐子里，盖上边缘缀有蓝色珠子的白棉布，放在储藏室的石板窗户边上。

思绪到了这一步，弗雷德明白，自己必须换一个截然不同的角度来讨论这件事。他这样，就像是在教训父亲一样，太荒唐。他真正想要对父亲解释的是，当年的那个孩

1“弗雷迪”为“弗雷德”的昵称。（编者注）

子怎么一步步地变成了现在的这个男人。那个爬草地的孩子，那个礼拜天唱诗班里的可靠男孩，全心全意地唱过：

> 教导我生活吧，让我面对死亡
> 就像面对睡眠一样坦然

现在的他，清除了脑子里所有不能被物理体验证实的概念，而且会永远不断地清除下去（的确有这个必要性）。现在他脑子里没有半点谬误。空气如此纯洁。但事情是慢慢发展而来的，虽然弗雷德不喜谈论自己，但这一次他不得不慢慢为自己解释。他不得不一步步地给父亲描述清楚，他是怎么推开了那慰藉人心的无形存在，童年的时候他听到过那个声音，那个声音对他说：把手伸过来吧。然而，他必须不停地提醒自己，事情描述得彻底，就是解释得彻底。

那天，他很早就起来，骑车到车站，寄存了自行车，搭乘火车前往布罗小站，中途在主教站换车。整个村子，每一栋农舍，满园都是鲜花。夹竹桃和豌豆花互相不甘示弱，香气扑鼻；早开的红白玫瑰、金盏菊，在这里被当成花园植物种的野甘菊，相映成趣；罂粟花和矢车菊，花开喜人；芍药和美洲石竹，还开着花儿；另外还有芸香、宿根羽扇豆、香石竹。在这里，植物肯定不是放任生长的自然状态。大多数农舍的主人都知道怎么搞肥料。每天傍晚时分，就看到邮差和警察脱了外套在花园里劳作，肥料的事情，他们自有安排。每家每户，一天三次把茶叶倒在泥土里；到了晚上，他们掏出旱厕里掩盖粪便的土，用来施肥。在布罗村子里，找不到地方买蔬菜，也没人想过要买蔬菜。小站种着玫瑰和豆荚；还有好大的西葫芦，上面一条条的纹路，看上去像一只大公猫。杂草自然是丰茂，但还是比不上特地栽种的植物。

到了布罗小站，他就是弗雷德先生，曾经的弗雷迪少爷，但什么时候从少爷变成了先生，他记不清了。站长是埃尔斯沃斯，现在已经变成了老埃尔斯沃斯。

“我们在主教站外停了五分钟，”弗雷德说道，“你觉得是怎么了？”

“我不知道，”埃尔斯沃斯说，“我只能打听打听。”

“不可以打个电话到下一站问一问？”

“我倒是可以。”

埃尔斯沃斯和他一起走到栅栏边；有个非常年轻的搬运工在一旁摆放牛奶桶，盯着他们看。总有牛奶洒到站台上，空气中一股淡淡的育婴室水池的味道，但此刻，这种气味，淹没在豌豆花和绣线菊的香味中。

“埃尔斯沃斯，教区长家的人怎么样了?”

“弗雷德先生，你为什么要问我呢?”弗雷德也不知道，但他并没有半点恶意。他太清楚了，这乡下地方并不宁静，不经意之间，就可能说出得罪人的话来。但有了这样的人生经历，到了大学倒是轻松。他刚才提到火车意外停在主教站，可能就说错了话。“教区长的事情，你为什么要问我呢?”埃尔斯沃斯遏制住怒气，再次问道，“你不能指责我去教堂做礼拜。”

“我并没有半点指责你的意思。”弗雷德说道。埃尔斯沃斯情绪缓和了一点，接着就问弗雷德，他在伦敦怎么样。弗雷德解释说，自己还在剑桥，但有时去国王十字火车站，在那儿换乘车还方便些。

“是的，伦敦就是用来干这个的。”埃尔斯沃斯说道。小站栅栏旁边的田地里有一匹老马，以前皮毛是灰色，现在已经白了。老马稳重地移动了几步，如今它这样，只是象征性的举动。很多年前，火车一到，就意味着它可能要拉着马车飞奔；如今那架马车扔在棚子的角落，拉杆朝上，已经朽了，烂了。老马再次站住，接骨木的残花轻轻地落在了干瘪的马背上。

从小门出去，穿过田野，很快就能到教区长家，但弗雷德看得到，这一路到处都是荨麻和黑莓丛。弗雷德也感到了埃尔斯沃斯正等着他去推开小门，以便告诉他，小路堵了，最好是绕马路走。

“我绕马路回去吧。”弗雷德说道。

“换作以前，你就跳着过去了，我还记得呢。你小时候，很是灵敏。现在是过不去了。”

弗雷德走在马路上，一晃一晃地拎着包。这是教堂路。教堂路顺着陡峭的斜坡往上，最上面是教堂和教区长住宅，曾经也蔚然壮观，现在则让人不忍直视。如果要找教区长签字，就得一路走上去，真是令人感到不堪。田野上榆树成荫，排水沟里长满了接骨木和榛树树苗。冬天来临之前，应该找人把排水沟里的树统统拔掉，可就是找不到人。一群海福特牛[1]嚼着东西，下巴逆时针方向转动，就像是藤草的卷须在生长。四周的草一动不动，泛着红色的微光，朦朦胧胧，可以割下来做干草了。灌木丛也是纹丝不动，但从密密匝匝的茎秆后面，从浓密的篱笆后面，总是隐隐约约传来嗡嗡声、哼哼声和窸窣声，仿佛暗中大有动静。头顶上时不时有折断的细枝落下，还有不知从何处飘来的蛛丝，似乎有点像小规模的暗杀行动在这宁静的

1 海福特牛产于英国英格兰南部的赫里福德郡，是世界上最古老的早熟中小型肉牛品种。

盛夏展开。弗雷德迈着重重的脚步，稳稳当当地走在路上。这条路从未铺过碎石柏油，马车驶过，留下一道道车辙，在太阳下被晒成了粉末。

你若是有了行动的决定，只应该在心里演练一遍，就再也不要去想，到时候行动就是。弗雷德已经想好了，要与母亲和两个妹妹分开谈。他确定海斯特已经二十岁，朱莉娅肯定也有十六了吧，现在好像什么都不学了。自然是要分开谈，她们很少在一个房间里，也鲜有看法一致的时候。然而，分歧似乎就是那个“一致”，费尔利一家这才日复一日，过着井然有序的生活。

教区长住宅修建于 1830 年，也曾坚固肃穆，但最近二十年来，已然千疮百孔。然而，前门还是挺新的，由考文垂[1]基督教工艺美术协会设计，用的是酸洗过的橡木，镶嵌铜质椭圆形饰物和貌似釉面小碟子的东西。大门上两行浮雕刻字，第一行是“教区长住宅”，第二行是“欢迎、请进、无惧、简单和安居”。两行字，用的是装饰性的凯尔特字母，几乎就没人看得懂，这倒也不失为一件幸事。前任教区长爱好艺术，这道大门是送给他的礼物，如今几乎是这栋房子中仅存的完好部分。

---

1 英格兰西米德兰郡城市，曾以纺织业驰名。

大门上钉着的告示淋了雨，字迹褪色，说的是本要资助深闺布道会和男子读经时间的花展取消了。弗雷德伸手握住造型奇特的黄铜把手，扭开门闩，绕到后院。这里是醋栗灌木和菠叶大黄[1]的领地。醋栗丛上晾晒的是白色床单衣物，大黄的粗糙绿叶已经长得老高，远远高过了为它挡光的旧锌桶。靠房子搭建的棚子下面是一大堆破烂：一个烂蜂箱；一个草地网球的画线车，很有可能没法再用了；两块破烂的唱诗布告板；还有一个古老的棺材架，教区理事会决定不要了，从祭衣室里扔出来的。为什么这些东西都不扔掉？弗雷德责备自己。在教区长住宅，所有的东西都留着，留着让它们按照自己的节奏腐烂。院子外面是自然肆虐生长的绿色，院子里面是永恒的秋的萧瑟。

房子里传来一只狗的叫声。家里有两只狗，桑福德和默顿。即便是弗雷德的魂魄走过来，桑福德也听得出是他的脚步声，它一路叫着，跑出来。两三只白嘴鸦从榆树上腾起，划过蓝天，转一个圈儿，一头栽下，回到乌鸦群。这些乌鸦也认得桑福德的叫声。跟在桑福德后面跑出来的是朱莉娅，她精力充沛得吓人，头上扎着辫子，热得浑身是汗。亲爱的朱莉娅，她的拥抱呀，更像是冲撞。

1 不同于中国的大黄，这是蔬菜，甚至可当水果吃。食用红色的叶柄。挡住阳光生长的叶柄更柔和细腻。

“弗雷迪，弗雷迪，弗雷迪！”

“朱莉娅。”

“为什么不发个电报？我就知道，剑桥的人都是铁石心肠。”

“我写了信，”弗雷德都快喘不过气了，“我给父亲写了信。我就像是奥德修斯，只有一只老狗认出了我。”

“我们在晨间起居室，”朱莉娅一边大声说话，一边拖着弗雷德走过落地窗的通道。这个通道算是温室，什么都没有种的温室。到这里，桑福德就超过了活动范围，只好凄凄惨惨地退回肥皂箱子，而默顿已经昏昏沉沉地蜷成一团躺下了。朱莉娅在前面走，来到了空荡荡的厨房。指针滴答，冷锅冷灶。

“有吃的东西吗？”弗雷德问道。

“有剩下的白嘴鸦馅饼和西米布丁，准备晚上吃的。很难吃，但你知道的，我们是穷人，只有难吃的东西。”

“伯登太太在哪儿？”

“晨间起居室。我们都在晨间起居室。”

“朱莉娅，现在是下午。”

“我们早上六点钟就开始了。你去看看，就会明白。东西太多，只能待在那儿。”

她们都在桌子旁。有他的母亲，有海斯特，还有从村子里来做饭和干粗活的伯登太太。三个人在做针线，伯登太太踩着缝纫机干活。房间里到处都是布料，紫色的、绿色的、白色的，白色的看上去是拆了枕套做成的。三个人站了起来，膝盖上的布料掉在地上。朱莉娅趴在了一条长长的紫色棉布上。

“好呢，紫色代表正义。”

“我亲爱的弗雷迪！”费尔利太太说道，“真是惊喜。”

海斯特也不像平常那般冷淡，说道：“我想你应该知道我们在干什么。这些是妇女社会政治联盟的颜色。我们在为伯明翰游行制作旗帜。她们说，再多也不够。”

“但是，母亲，你对妇女选举权没兴趣呀。”弗雷德说道，“我经常跟你谈这个。”

“她现在有兴趣了，我们都有兴趣。”朱莉娅说道，“你讲那么多，对她一点儿触动都没有。上帝呀，那些不得不听你讲课的人，真是可怜。”

“全都变了，弗雷迪。”海斯特说道，“现在不一样了。没人嘲笑。我们看到了《每日邮报》上绝食抗议者的照片。”

“你们不看《每日邮报》的呀。”

“我看。”伯登太太说道。

“一开始是伯登太太拿给我们看的。”费尔利太太说道，“可怜的年轻女子，双眼紧闭，嘴巴张着。快不行了。”

“她死了？”

“我们无从得知。”海斯特说道。

弗雷德看到很多用布料剪出来的字母，还有问号。

“有些人并不明白什么是‘选举权’。”海斯特继续说道，“他们说，‘如果女人想要闹腾，就让她们闹腾吧。’我们做这些字母，要组成一个问句：‘你会让妇女投票吗？’她们要去质问阿斯奎斯[1]：‘你会让妇女投票吗？’”

伯登太太非常宠爱小时候的弗雷德，她点点头，又开始踩缝纫机。弗雷德心想，这机器声音怎么这么大，转轴肯定有点卡。他只能待会儿再看看能不能修好。如果现在就做，就会显得施人恩惠的样子。就像是在说，现在弗雷迪从大学回来了，帮你们把这些零零碎碎的事情做好。他站在那里，一边讨厌自己，一边找自己的位置。

“弗雷迪，你知道吧，我们必须赶紧做完。”朱莉娅说道，“真可惜，你不会做针线。明天，所有的东西都必须送到伯明翰。”

“你们怎么去呢？”他问道，“从布罗小站出发到主教站的最后一班火车是下午三点四十七分。”

---

1 赫伯特·亨利·阿斯奎斯（Herbert Henry Asquith，1852—1928），英国政治家，1908—1916 年出任英国首相。

“怀特太太来取。”

“怀特太太?”弗雷德觉得自己就像是流放他乡一样，谁都不认识。

“她有时会来做晚祷。等到晚上，她就出发去伯明翰。她自己开车。”

“没人想知道——”

“是潘哈德牌子的车。”

“没人想知道我为什么回来吗?”在哐哐哐的缝纫机声中，弗雷德恳求道，“我认为妇女应该有投票权。我真是处境不利呢，如果我谈别的事情，你们会认为我不把妇女运动当回事。我很看重这场运动。但是，我已经做出了决定。我想要与你们所有人谈一谈，特别是与父亲谈一谈。我想要告诉你们我做出的决定。”

“你在重复自己说过的话。”海斯特说道。

“是的，但我们都知道，他就这样，没办法的。”朱莉娅一边说，一边用力剪线穿针。弗雷德从未见过这四个女人如此齐心合力。她们对弗雷德的爱让他感到安全，现在想来，那份爱有可能只是她们互相恼怒的副产品。伯登太太肯定更是如此，弗雷德信任她，给她讲心里话，她也絮絮叨叨地抱怨，还偷偷用剩下的油酥面团给他一个人做果酱馅饼。

“父亲在书房?”他问道。

“那当然。”朱莉娅说道,“他不肯到这儿来。他知道我们在干什么,但他吓到了。”

弗雷德去了父亲的书房。他没有坐下,也没有引用之前斟酌再三的观点,就磕磕巴巴地开始解释。弗雷德握住父亲伸出的一只手,夏日炎炎中,父亲的手握上去冰凉,轻飘。他父亲说道:“以前你说要在大学学习自然科学,因而得到了现在的职位,我觉得算是幸事吧。当时,我就知道你迟早会得出结论,认为灵魂于你再无用处。我只要求,你不应该与我谈论此事。这家里的女人们,你也许看到了,事实上已经抛弃了我们。”

“父亲,我并不认为她们真的抛弃了我们。她们只是喜欢自己正在做的事情,不同于抛弃。”

“弗雷迪,她们告诉我,食品柜里有剩菜。你知道该怎么做剩菜吗?”

“你不需要做。剩菜就是之前做好的东西,剩下的部分。”

父亲露出微笑,叹了一口气。

第六章

反对者社团

*

当然，正是因为他认为灵魂于他再无用处，斯基普才抓住他不放，才会在如此荒诞的条件下让他出门演讲。他盯着信纸看，已经有一会儿了，上面是学院座右铭“我心不变”的淡红色戳印。戳印下面是他的字迹：亲爱的桑德斯小姐。想要说的话，没时间写了，于是他关上灯，穿上巴宝丽外套，走下楼，再次把他的自行车从车棚无比拥挤的状态中解放出来。

大学各社团在不同的学院举行集会，但从不来圣安杰利卡斯学院。反对者社团无论在哪儿举行集会，都要在荣誉秘书的房间碰头。斯基普的房间在耶稣学院，他在该学院教导实验物理学。斯基普因焦虑而受人喜爱。他不仅关注事情的细节，还不露声色，也许是没有声色可露，相较而言，就让别人感到平静。这样的晚上，有时斯基普特别快乐，虽然时间短暂，但看上去事事顺利，人人都没有不满意。可这样平静的时刻很少，斯基普是那种天生就无法运筹帷幄的人。但他还是好客。在煤气灯的照耀下，玻璃瓶子和杯子泛着柔和的光芒，一盘盘的健康牌饼干。弗雷德迟到了，自觉抱歉。他花了半个小时盯着信纸，什么都没有写，又花了十来分钟想发言的内容，什么都想不出来。查尔斯·雷丁是正方演讲者，已经讲完了。想到要把不朽的灵魂当成笑话，雷丁手足无措，整个演讲过程，他声音很小，别人几乎就听不到。说完，他就坐下来，没有任何解释。弗雷德进来的时候，看到有人递给了雷丁一杯可可，他接过去，只是要求加一点儿水。

“如果有热水，就加点热的。”可怜的雷丁说道。

“不应该找他的。”斯基普轻声对弗雷德说道，“他讲得不好。一点儿也不投入。你来了，我挺高兴的。我接下来就介绍你，你必须投入。”

门打开了，撞翻了唯一一把空着的椅子，引发了一点小动静。乔治·霍尔库姆走进来，蓄着胡须，打着红色领结，他自视为民主主义者。他新来乍到，带着湿冷的气息，很不协调，正在跟倒下的椅子搏斗，仿佛椅子就是放那儿要绊他一般。

“我是霍尔库姆，我来找弗雷德·费尔利。”

“你是本社团的成员吗？”

“几年前，我付过一学期的会费。当时你还不是秘书。我从未参加过集会。现在，我来把之前忘记参加的聚会补上。”

“好吧，费尔利在这儿，但他马上就要发表演讲。我觉得，现在，不是理想的时刻——”

但霍尔库姆已经看到了弗雷德，他晃动肩膀，拨开人群，来到弗雷德身边，胡须几乎蹭到弗雷德脸上。他嘶哑地说道：“接着我短信的内容继续说——”

“霍尔库姆，我现在不想见你。你怎么知道我在这里?”

“我到了你房间，读了你的信。就一会儿工夫，你也没几封信。”

弗雷德现在想起来，第二次出来的时候，他忘了登记。

“还记得吧，我信没有写完，写到了‘你似乎根本没有必要去结识任何年轻女子’。嗯，我应该补充一句‘适婚类型的年轻女子’。”

“霍尔库姆先生，坐下吧。”斯基普的语气出人意料地尖刻。

另一名司库指出，反对者社团规定，成员之间可以在任何时候打断和反驳对方。

“但不包括几年前缴纳了一学期会费的人。”斯基普说道，“当时会费绝对没有超过一英镑六便士。”

“那我之后再和费尔利谈论此事。”霍尔库姆说道，“但他不要忘了，适婚类型。”他掏出石楠根烟斗点燃，抽了起来。烟雾缭绕，与其他人的烟雾混合一起，淹没了整个房间。

“亲爱的反对者会员们，”斯基普继续说道，“下一位演讲者，弗雷德·费尔利，反方观点。他告诉我，他曾是基督徒，但现在不是了。他或许可以借用莱斯利·斯蒂芬爵士[1]的话：‘现在，我没有信仰，但这并不减少我对道德等等的信念，我生为绅士，如果可能，死亦为绅士。’”

“主席，我反对，”弗雷德说道，“我不想与莱斯利·斯蒂芬联系起来。我不知道他的‘等等’说的是什么，我也没有生为绅士、死亦为绅士的愿望。”

“莱斯利·斯蒂芬是谁？”霍尔库姆举起烟斗说道。

斯基普无视两人的打断，继续说下去：“弗雷德·费尔利认为，我们没有超自然的保护人，也没有超自然的敌人，我也是这样的看法。在我们生活的这个地球上，所有我们必须做的事情，只能由自己来做，为自己而做。在这

1 莱斯利·斯蒂芬（Leslie Stephen，1832—1904），英国作家、批评家、历史学家。

以后，我的意思是说，在我们的肉体生命结束后，就空无一物，或者说我们没有理由和权利去期待有什么。”

“你能把辩题重复一遍吗?”从房间的最后面传来了一个温和的声音。马修斯博士不知疲惫，和善友好，留心报名参加了大学所有的社团，并且时不时地对所有的社团都表现出兴致，但斯基普想象不出来，身为圣詹姆斯学院著名的院长，他怎么就出席了这次聚会呢？满座都是聚精会神的烟斗客，马修斯博士是唯一身着晚礼服的人。反对者会员们不拘小节，穿着随意，而霍尔库姆外面套着大学袍子，里面是一件绿色的旧长礼服和格子图案的裤子。

斯基普拿起议程表，壮胆读了出来：“灵魂不存在，从未存在过，也不应存在。”

“人类的灵魂。”马修斯博士说道。

“是的，院长。”

“谢谢你。我当然是听了正方的发言，但很不幸，听得并不是特别清楚，跟不上。”

众所周知，马修斯博士的信仰无比明确，如朗日无云。

“这可是在我的预料之外。”弗雷德轻轻对斯基普说道。

“霍尔库姆也在我的预料之外。”

“亲爱的会员们，”弗雷德开始讲话，“正如我们的主席反复指出的那样，我在这里为灵魂辩护。要为之辩护，我首先就得展示出，生命中并非一切都能追溯到物质原因上。尼尔逊勋爵经历了截肢手术，与有同样经历的人一样，依然感到截肢疼痛。已经没有了胳膊，但依然感到胳膊疼痛。他认为这一点清楚地说明，物质，或者按照他的说法，肉体并不能解释一切。”

他顿了顿，看到斯基普站在房间的另一头，举起烟斗，示意他增强思辨的成分。弗雷德虽然随和，也觉得不悦。

“主席似乎在提示，你们不想再听有关尼尔逊截肢的事情。我接受大家的意见。让我来谈谈另一点。在座的一些人，事实上不少人会告诉我，每个希望，每种感情，甚至我们认为是想象的东西，都是以器官运行为条件的。你的记忆力减退，大脑皮质层就有了肉眼可见的萎缩。你发疯，额骨下方的皮质层就会发暗。抑郁，前脑叶和后脑叶会有病理性的变化。你们会对我说，思想就是血液，你肉体的存在就是你的存在。没有了肉体，思维如何存在？不可想象。然而，在座的难道没有面对过某种对抗、某种危险？即便不是危险，只是某种强烈极端的个人情绪危机，也许只是一封不得不写的信，你必须要说服自己，于是你说：‘继续呀，作为理性的人，这有什么好害怕的’。可是，你的身体回答说：‘不，有可怕的东西。’‘嗯，即便是有，这也是你的职责，事关你的自尊，继续呀。’‘不，不是我的职责，无关我的自尊。’亲爱的会员们，这是你肾上腺的声音。那么，身体也有它自己的思维。以此推导，即便不同于我们日常所见，甚至我们从未见过，思维必定有自己的身体。”

马修斯博士一个转头，弗雷德看见他的黑框眼镜一闪，而眼镜后面的眼睛一瞬间却很茫然。他轻轻点了点头。弗雷德在陈述自视为绝对胡说八道的观点，却给自己带来了一种奇妙的效果。就像是头朝下倒挂，或者呼吸的不是空气和烟斗的烟雾，而是水。他在喘息，他在渴望，渴望自己原本的生活环境。

“如果我们认同，而且我们必须认同，思维一次又一次地展示出了它独立于肉体的存在，独立于肉体机能的存在，那么肉体死亡之后，思维难道不可以再次凭借自己的力量独立于肉体存在吗？这难道不合理吗？”弗雷德更正了自己的措辞，“我的意思是说，凭借它不死的能力？但是，我刚才说的是‘难道不合理吗？’我用的是‘合理’这个词——我作为一个科学家，剑桥大学的科学家，诉求于你们的理性。然而，在这个晚上，这是我最不想做的事情。‘我们应该早一点发声，在这个世界诞生之前，决然地祈祷另一个世界。’但是，我们没有那样做，现在我们在这个世界上，穷尽一切地想要通过理性来理解我们的世界。亲爱的会员们，我反对理性。今天晚上，我是作为信仰者站在这里。我相信没有重量的万有引力，我相信没有有机物质的生命，我相信没有神经系统的思维，我相信没有缘由的声音和幻影，我相信水变成了葡萄酒，我相信没有动力就往回滚动的石头，我相信没有肉体的灵魂。不仅如此，我还相信草是绿色的，因为绿色安抚人的眼睛；天空是蓝色的，因为蓝色让我们领会到了无穷无尽；血液是红色的，因为红色更为醒目，谋杀更易被侦破，罪犯会被绳之以法。是的，我相信我会永生，但这是没有理性的存在。”

斯基普的烟斗没有往上，也没有往下，而是大弧度地左右摇晃。但与此同时，一直看起来非常专注的霍尔库姆拿着烟斗，高举双臂，表示强烈的反对。

“我肯定，演讲者并非想要迷惑我们，或是迷惑他自己。但我必须问他一个问题——他是否认为灵魂等同于思维，又或是二者截然不同？”

迄今为止，这也许是霍尔库姆脑子最清楚的一句话。但是，斯基普从房间后面走上来，出于某种原因，用胳膊揽住弗雷德，说："作为主席和荣誉秘书，我做主回答这个问题。所谓想象，就是在两条或者更多有电流的神经轨道上建立新的联系。也许相较于铁路轨道，电脉冲这个类比更为恰当。最初的电流肯定是来自感觉神经——比如说眼睛。举例说明，费尔利看到一只小鸟飞过沼泽，接着注意到一位年轻女子。他将两者结合起来，想象出了天使。这就是想象的运作方式。然而，任何人看待外部世界的方式都是不一样的。对于每个人而言，事物就是他自己所想的样子——换言之，事物就不是事物，而是想法。"

"你没有回答我的问题，也没有回答任何问题。"霍尔库姆大声说道。但此时，詹姆斯学院的院长站了起来，以沉默表达沉默。

"先生们，我非常清楚，剑桥大学所有社团的私下辩论，正当地享有讨论的自由。但是，无论是今天晚上，或是任何晚上，我都不能听任你们把人类的灵魂描述成思维。"

他特地环视四周，注视每个人的面孔。

"虽然站在听众席发言有些不合规矩，但我还有一个问题想要问主席先生。是这样的，我称之为'内心的眼睛'，我们中有些人有这个东西，但并非想有就有的，你认为内心的眼睛也有感官神经吗？"

“从解剖的角度，并非如此。”斯基普面色惨淡。

你死我活的争辩之后，就要给大家提供谁都不想吃的点心，这已是惯例。无论思维这东西是否依赖于肉体而存在，大家都认为，思维需要反驳、对立和意外来磨砺。斯基普百思不得其解。什么东西才能对马修斯博士的头脑有益呢？他第一次意识到，社团的规定真是有些孩子气。司库在给大家强行分发健康牌饼干。饼干落在盘子里，发出咔哒咔哒的声音。

“我这就回去了，抽上一斗烟，或半斗烟。”马修斯博士说道，“有人与我同路走回去吗？”

他直接望向弗雷德，弗雷德也想走了。虽然不是完全同路，但也高兴找个借口散散步。他帮着院长穿上外套，套上袍子。如果没人帮忙，院长自己穿，还要省事得多（一直都是如此）。如果人的胳膊能够像外套的袖子往后折，“帮忙”就要容易些。

“晚安，斯基普先生。请原谅我不能奉陪。我的规矩是午夜之前必须睡觉。”

外面雨停了，风也住了，只留下斑驳的天空。他们持重地朝着国王大道走去，院长说话了：“你叫费尔利，对吗？我觉得在圣安杰利卡斯学院的食堂见到过你，当时我们正在讨论你们学院西南大门的奇怪事。我喜欢你的观点，思维有权拥有自己的身体，也必定如此，这个解释比现有的解释好多了。”

“院长，我不知道，”弗雷德说道，“是否有人给你解释过我们社团的宗旨。我是说，一个论题，无论是谁做正方谁做反方——”

“人们总是大费周章，”院长一边继续说话，一边用手轻柔地打着节拍，就像是在听音乐一样，“我姐姐写信来，说她在遗嘱里特地吩咐，葬礼之前，一定要切下她的小指头，以此杜绝她被活埋的可能性，或者说概率。”弗雷德不太确定该如何回应，于是就说：“应该是有用的吧。”“是的，当然，这些事情，她自己满意就行。但是，我说的是其中的特别之处——费尔利，你是叫费尔利，我没搞错你名字吧？——我认为，人随时都可能失去小指头。现在很多东西都机械化了，以前并不是这样的。这些机械化的东西带来了不可预料的危险。”他补充道，“至于活埋，知道吧，很多东西看似安然入土，其实还在行走。”

院长的脸真是奇怪呀，在灯光中慈爱呵护如父亲，接着，他头一转，黑框眼镜亮光一闪，又是茫然：“顺便问一下，那个长胡子的，是你朋友，或者是你对手？”

“他叫乔治·霍尔库姆。”

“我还真是认不出他来，他是哪个学院的研究员？”

“他不是研究员，”弗雷德说道，“他是新化学实验室的示范员。”

“我觉得，他看起来神志异常。”

“也许他就是神志异常。”

“为什么会这样呢？”

弗雷德不想解释，院长若有所思地说道：“我一直觉得不该设立新实验室，但还从未想过工作人员会精神不正常。”

院长陷入沉默，弗雷德开口说话：“我正想要给你解释反对者社团的章程——”但这时他们到了门房，男仆打开门，一只大虎斑猫跟出来，跳到院长的肩膀上，爪子牢牢地抓住院长的袍子，捍卫自己的位置，不准任何人前来侵犯。

“我说过要抽一斗烟，你也进来吧？”

弗雷德说，他不抽烟。

“当然，你的意思是说，要抽烟。”院长一边说，一边得意扬扬地抚摸着他的猫。

等弗雷德回到自己的房间，看到壁炉的火还烧得很旺。他点上灯，把聚会之前写的信撕掉。他重新拿上一页纸，再次开头：“亲爱的黛西”。

第七章

谁是黛西?

*

如果此刻霍尔库姆走进来，问:“谁是这个黛西，她属于适婚类型吗?”弗雷德是无法回答的。弗雷德知道她的名字，知道自己如何认识了她。但弗雷德不知道她是谁，也不知道她的地址，这封信寄不出去，其他的也寄不出去。可想而知，他写这封信，只是为了在信纸上看到她的名字而高兴。

三周前，距离反对者社团这次聚会的三周前，他在格斯汀林路骑行，正是黄昏将去、夜色即来之际。

到了剑桥边上，热闹小镇的氛围渐渐褪去。眼前出现了一片片田地和空地，道路两旁有了一座座看起来挺大的房子。快到晚餐时间了。一座座房子的底楼出现了灯光，与此同时，顶楼的灯也点上了，大人铺好床，安顿孩子上床睡觉。弗雷德看见两三个孩子站在安全栏杆后面，朝着窗户外面张望，接着窗帘拉上了。儿童室用的是便宜窗帘，灯光穿透出来，看得出窗帘的颜色，蓝色的、绿色的、棕色的，还有红色的。路上人来车往，有些是汽车，有些是农场的马车。十字路口过后，车辆渐少，弗雷德得以快速前进。前方只有两个骑行的人，红色的尾灯亮着，没有并排而行。其中一个是女性，很有可能是年轻女子，看起来是年轻女子的体型。她穿着一件雨衣，可能是防水布的材质，在仅有的光线中闪闪发光。弗雷德当然熟悉路况，但还是很小心。左手边的砖墙不见了，出现了一个黑漆漆的大缺口。弗雷德记得，这个缺口是一个农场院子的入口。周围有那么几个农场，这就是其中之一，带着喧嚣，带着时有时无的刺鼻臭味，夹在两边的体面房子中间，顽强地留了下来。弗雷德跟在前面两辆自行车后面，有可能跟得太近了，就在此时，没有任何警示，一匹马拉着拖车，一路小跑，从开口冲出来。马车上没有灯，马车夫要么就是没有握着缰绳，要么就是喝醉了，要么就是死了，要么就是睡着了，无力地靠在挡泥板上。只听到一声尖叫，可能是那匹马在嘶鸣，即便是老马也可能在恐慌之际发出奇怪的叫声。弗雷德猛捏手刹，仿佛听见一大堆玻璃裂开的声音，他只觉得不可思议，整个世界朝他水平飞来，重重地砸向他的头侧，眼前顿时一团漆黑。

弗雷德醒过来，口渴难忍，就是比赛中场非得喝点柠檬水的那种口渴。有什么东西在给他打气，不让他感到注定要来的疼痛。他躺在柔软的床上，这说明无论他身在何处都不可能是在学院。房间似乎发出了呼吸声。反正是有什么在呼吸。周围光线暗淡，但也足以看到墙纸上有不知名的花朵图案，看到墙上有盥洗台的影子，他从未见过的盥洗台，上面放着水罐和水盆。他身上盖着白色的被子和床罩。房间好像儿童室。床罩之上，距离他六英寸的地方，他看到了一个年轻女子的左手，手并不小巧，很干净，无名指上戴着一枚挺宽的金戒指。弗雷德伸出手，碰了碰。戒指是光滑的，皮肤是粗糙的。

她的脸转向一侧，但弗雷德看得到她浓密的头发，颜色呢，用他母亲的话来说，就是浅棕色，或者是介于红色和棕色之间的颜色，她的头发此刻随随便便地扎起来。双眼紧闭。

“我的上帝，命运呀。”他心想。

他的脑子突然清醒了。他坐起来，等了一会儿，看自己是否会头晕，头晕可不行，他既要道歉，还要自我介绍。他尽可能保持不动，说道：“我必须解释。我叫弗雷德里克·费尔利。我是实用物理学的讲师，初级研究员，在——”他记得学院的名字，肯定马上就能想起来的，“我觉得我出了事故。你也出了事故。你肯定是骑在我前面的那位年轻女士。”但是，这样说可没有根据。她很有可能就住在这房子里，可能这就是她的床。

她长长的淡棕色睫毛一动不动，她也没有睁开眼睛，仿佛不太值得费力睁眼看人一般，她回答说：“我是黛西·桑德斯。我的自行车呢?”

“桑德斯太太，我不知道你的自行车在哪里。”

“我不是……”她说道，“我不……我不是……不是我的。”

“你想要我去找找看吗?”

她轻声说道：“好的。”

“我不知道我的自行车在哪儿，也不知道我的衣服在哪儿。”

他的头上扎了绷带。他的背心、衬衣、假领、袜子、吊袜带、裤子呢?“很抱歉，我似乎没穿衣服。若非如此，我会起身的。”

“不用担心没穿衣服的事情。没穿衣服的人，我也见过数百个。”

弗雷德心想，她意识不清。她肯定不知道自己在说什么。弗雷德做了最不理性的事情，起身下床。眼睛已经习惯了昏暗的光线，他看见这就是一间儿童室，或者以前是儿童室。窗户边上有一个好大的木马，上面堆着一团黑乎乎的东西，可能是他的裤子。墙上方是一圈蓝鸟飞翔姿态的装饰带。夜灯点在金属的鸟笼里。弗雷德心想，这就像是一幕剧。也许，我重生了。但是，即便是家里，他也不记得在儿童室睡过。家里的女孩子们住过儿童室。虽然他是老大，但他是在储物间里长大的。“躺回床上，不要再动弹，”那个年轻女子说道，“这是命令。”

“桑德斯太太，你可能神志不太清楚。”

“我不是桑德斯太太。”

弗雷德躺回床上。被子有一股淡淡的皮尔斯肥皂气味，很好闻。他身体的右侧，头部的右侧，还有右肩疼得厉害，但右腿还好，与正常无异。

“你找不到自己的东西？”

“不知道。”

她稍稍抬起头来，然后又往后一躺。

“命运呀，跟一个懒人困在了床上。”

弗雷德很是惊讶。这辈子，还从未有人说他懒。

“跟我一起骑车的那个家伙呢？他怎么样了？”她问道。

“我不知道他怎么样了。我也不在乎他怎么样了。为什么我们要说他？”

也许他的嗓门大了一点。门开了，灯照进来，先是照亮了门口，接着照亮了蓝鸟图案，照亮了整个墙壁和天花板。一个脑袋探进门口，弗雷德听到一个男人清晰洪亮的声音，毫无疑问是剑桥的学者口音。

“威妮西亚，儿童室里有两个我完全不认识的人。一个是男人，没了衣服。另一个是女人，我觉得也没穿衣服……”接着，他朝房间里迈了一步。“我正是房子的主人。不要视我为不速之客。我叫瑞博恩。”

显然，他是从不操心的人。他就不用干这个，操心的事情都由别人代劳了。事实上，活力四射，慈眉善目的瑞博恩太太就跟在他身后，也走进房间，虽然戴着夹鼻眼镜，身上的流苏和穗子却让她看上去像印第安女人。

“哦，亲爱的年轻人们。我就是让你们在这儿安静休息一会儿，等着医生来。”

“他们病了?”瑞博恩先生一脸疑惑。

“农场主的儿子把他们抱进来的。你知道，他很有力气。我并不想打扰你。”

“就是打扰到我了，”瑞博恩先生说道，“我听到楼上有声音。当时为什么不把他们送到农场去呢?”

“瑞博恩太太?”弗雷德说道。

“啊，他可以说话!”

“他刚才说话的声音更大，还到处走，脚步不轻呢。”

瑞博恩先生说道。

“你是费尔利先生，对吧？我在你外套的上口袋里找到一张名片。这是你的妻子。”

“我不是费尔利太太。”黛西说道。

“但是，亲爱的，你戴着婚戒呢。路上，你们躺一块儿。送进来的时候，也一块儿呢。”

“我不是他的妻子。”

瑞博恩先生拿出了彬彬有礼的态度。

“总之，我希望你们没有感到不便。”他说道。

弗雷德被送到了桥街的疗养院，或者说，醒来时，他发现自己躺在那里，还有人从圣安杰利卡斯学院把他的牙刷和晨衣送来了。不知疲惫的瑞博恩太太，戴着阿西西刺绣法编织的天鹅绒帽子，亲切问候，还把他第二次昏迷后的事情告诉了他。不可理解的是，瑞博恩先生也一同来了。弗雷德想知道桑德斯小姐在哪儿——“你似乎比她本人更清楚她的姓名。”瑞博恩先生说道。

“你是在批评她吗？”弗雷德问道。他已决定要起身离开这地方，反正也支付不起这里的费用。

“批评桑德斯小姐？他当然不是！”瑞博恩太太大声说道，“一个年轻女子，任何女人，为什么要解释自己的行踪呢？如果她不想知道自己的姓名，为什么要知道呢？我们有权询问的是，她本性当中的高等元素是否占主导？她是否走在通往快乐的道路上？她是否与这个新世纪和谐相处？”

“瑞博恩太太，我并不是很肯定，”弗雷德说道，“她本人说了什么呢？”

“她看起来伤得并不重。但我觉得她脸色非常苍白。不管怎样，她起身，穿好衣服，说如果有必要，等她一回到伦敦，马上就去看医生。她感谢我们——我们并不期待感谢——”

“我们的确期待感谢，”瑞博恩先生说道，“前所未有地期待。”

“我本人无比地感谢你们，”弗雷德说道，“她有没有提到去伦敦的哪儿？”

瑞博恩太太摇了摇头。接着，她露出真挚友好的微笑，拿出一个装满葡萄的纸袋子和一把镀银的葡萄剪子放在床边。“费尔利先生，剪葡萄吃，尽情地吃。剪刀，以后你什么时候方便，再送回来。剪吧！剪吧！”

他们离开之际，瑞博恩先生留在后面，驻足片刻，说道：“我了解到你是圣安杰利卡斯学院的研究员。我妻子事先不知道，否则她不会误认为你已婚。”

瑞博恩夫妇通知了警察。巡警来的时候，那匹马已经拖着马车来到路边，在黑暗中啃食青草。而那位马车夫，无论他是谁，已经消失得无影无踪。农场主说那人是临时工，本应该去火车站拉一车旧枕木。用种薯交换枕木。农场主也说不清楚到底要用枕木干什么，只是说农场备一些，方便。索尔是马车夫的名字，或者是他的教名，或者不是，也可能是他的姓氏。不知道他从哪儿来的，也不知道马车没有配灯。火车站的工作人员说，对买卖或是交换旧枕木的事情一无所知，枕木当然是大东方铁路的财产。警方对这些信息很不满意。弗雷德的自行车，黛西的自行车，都毁坏了，还扔在马路边上。黛西的自行车是那天上午在银街的特里默商店租来的，留下一英磅的押金。之后，她再也没在商店露过面。虽然他们一般都要登记住址，但黛西没有留下任何信息。警察询问弗雷德，事故发生之际，有没有注意到现场还有其他人。是的，另有一个男人，在桑德斯小姐前骑车，但弗雷德无法描述那人的相貌，也不知道他去了哪儿。警察对弗雷德说话要客气得多，但他们对信息还是不满意。显然，没什么线索，怎么到地方法官那儿备案呢？太难了。

“你们得找到桑德斯小姐呀，”弗雷德说道，“显然，这是最重要的。”

警察说，他们会尽全力搜查这个年轻女子。但是，弗雷德对此可不满意。他并不想搜查到黛西，他想要找到黛西。

第二部

第八章

黛西

*

黛西住在伦敦南部，斯托克韦尔和布里克斯顿的交接地带。这里的人太多，她倒是一直都习惯。人行道太窄，容纳不下这里的住户，他们就蔓延到下水道盖子上，站在那里摆摊卖货——火柴、几个钱就能买到的铅玩具或锡玩具、年鉴、专利药品、笼鸟等。待到夜幕降临，再也没了卖东西的指望，房子前门打开，仿佛把这些人收了进去，一同收进去的还有下班回来的工人、站在街口煤气灯下的传教士、孩子、醉汉，都进去了，最后上了门闩。一旦离开了河边，离开了河边的仓库，由于伦敦南部的建筑低矮，但凡雾气退去，就可以看到大片的天空，天空按照自己的速度在移动，穿过太阳，穿过云朵，穿过点点繁星。

空气中混合着醋、杜松子酒、煤烟、煤油、硫磺、后院的马粪、后街工厂的漂白粉气味，还有每天清晨烤面包的香味，呼吸着这样的空气，黛西长大了。她很小的时候，家里很穷。这虽不好，但另一方面，大城市应对自如，最穷的人，最富的人，都能在这里自得其所。市场上的摊位划分严格，最便宜的东西聚集在一头。顾客没有半点装模作样，直接就去他们所属的区域。在便宜的一头，你可以买到牛蹄。不同于其他大多数的肉，牛蹄很不容易烹饪。煮牛蹄的锅子放在炉灶后面，一炖就是大半天，用桑德斯太太的话来说，到了最后，要等它自己变得汤浓色白。长时间炖煮之后，抽出牛骨，用盘子盖住灰色的胶质牛筋，上面再压上扁平的铁块。下游有个胶水厂来收牛骨，但炖过的牛蹄真是卖不出什么钱来。

到了季度结算日，每家每户的邮箱里就多了一张传单：提前交房租。否则开夜车走人。那些人来搬你东西，都用手推车，动静比马车小。桑德斯一家，也就母亲和女儿两个人，从来没有在同一条街上租过两次房子，但她们也不离开主战场。黛西的母亲在猎鹰啤酒厂工作，只想在工作的地方附近租房。黛西照顾婴儿。黛西没有兄弟姐妹，但桑德斯太太说，这也是好事，否则从小就照顾弟弟妹妹，早就腻味了。

黛西自然是有父亲的，但关于父亲的事情，她也说不出个所以然。在黛西的出生证明上，他的职业是包装搬运工。他包装过什么，或是搬运过什么，现在又在哪儿搬运东西呢？这对母女并不想知道。后来，完全是意料之外，不可思议的好运落在了她们头上。桑德斯太太得知，自己从未提及过的姐姐，给她留了一栋房子，一栋小排屋，位于哈斯丁。律师写信来，说“奉命”告知，“衷心想要”给她细节信息。“但我一直以为她早死了。”桑德斯太太说了一遍又一遍。

“嗯，她现在是死了，”黛西说，“你也就不必认为自己错了。”

“我一直以为，若是活着，她是在新南威尔士州[1]。”

“别伤心，”黛西说，“因为你对这件事没有那么难过。”

“如果不是消息来得太突然，我会难过的。”桑德斯太太说道。

这消息也没有那么不可思议。律师又写信来澄清，害怕她们误会（可就是他让人误会的），说这栋房子并不属于桑德斯太太，也不会属于桑德斯太太。她得到的只是一纸租约，转租。接下来的五年时间，她们每个季度可以得到五英镑的租金。律师告诉她们，这笔租金将极大地改善

1 澳大利亚的一个州。

她们的生活。

桑德斯太太继续在猎鹰啤酒厂拧瓶盖，有这份工作，就有权送女儿去拉奇米尔路的持证售酒者免费学校上学。黛西长大了，高挑苗条，但很结实。她有了生活的根基，这辈子，要活着，她就得做很多事情，一直做到头发花白。现在她满头奔放的卷发，很引人注目，总是没法判定到底是棕色多一点，还是红色多一点。到底什么颜色，完全取决于光线。

到了十五岁，她盘起头发，用粗钢夹固定，开始了办事员的生涯。干这份差事，就要与十五万伦敦南部的人一起，每天两次过河。当时，社会学观察家把过河比作逃难，邻近的土地上发生了大战或是大灾，逃难者绝不敢回头，争先恐后，用尽各种方式，快步过桥，如若没有落水的危险，绝不会停下脚步。到了有轨电车站，那是没人排队的，只有免费医疗诊所外面才有人排队。电车摇摇晃晃，从拐角转出来，猛然停住，人就像是黑压压的蜂群，一拥而上，把电车围个水泄不通。一定要冲锋陷阵，争当第一批次。但也要精心做好防卫工作。黛西和她的朋友们出去工作，衣服都扣得严严实实，帽子别在头发上，严防死守，不准有人前来靠近。她在无名指上戴上了一枚宽宽的金戒指，那是哈斯丁长期杳无音信的姨妈的遗物。埃利姨妈结过婚吗？戒指上刻有铭文——终有真相大白的一天。

电车上气闷拥挤，那些前来靠近的人，并不承认婚戒的存在。他们如同黛西本人，非常清楚她还穿了什么。这是一场没有规矩的战斗，电车开始朝前滚动，一车的人，散发着浓郁的体味，跟着前仰后合，东倒西歪，男人们用手护着车票和钱袋，上学的男童护着自己的生殖器，而女人们则要前防后守，杜绝所有的接触。

黛西在富勒姆的兰伯特玻璃窗供货处上班。仓库虽然是灰暗萧条的样子，入口处却有一块很大的彩色玻璃，上面画的是《寻找迷失的羊》。天空是一整块混色玻璃，白色和蓝色随意交融，产生一种盛夏浮云的效果。在 1909 年的英格兰，大概没有人可以调出这样的玻璃；兰伯特供货处的人肯定调不出来。在巴特西、克拉珀姆、斯特里特姆和斯托克韦尔，虽然每栋小房子的前门都镶嵌有一点彩色玻璃，但黛西从未见过兰伯特供应处门口的这种玻璃，在教堂里也没见过。

兰伯特供货处的工作时间是八点到八点。年轻的黛西报到的那天，她心甘情愿、按捺不住地要取悦于人，就仿佛那是创世纪的第一天清晨，这个世界上耗心费力最蔚然壮观的场面之一。她领到了一个凳子和一个钩子，来到玻璃店后面一个基本上不透光、不透气的箱房中。在她眼中，一排排的数字赏心悦目，如果有数字摆放歪了，那就更是如此。8073英尺的玻璃，每英尺一先令六便士，再配上四分之一英寸的铅条，后来铅条的尺寸变成了十六分之五，整个估价也就上涨了13.5%，她觉得心满意足，仿佛是她本人迎接了挑战，征服了困难。

她每周的薪水是十二先令。桑德斯太太丢了啤酒厂的工作。她身体出了问题，疼痛，但每次疼痛的位置都不一样。她有了充足的时间来思考疼痛的问题。她们搬到一栋房子顶楼两间通风透气的房间里。这栋房子，除了她俩的房间，每个窗户上都贴有手写的卡片，提供实用服务。提供普通洗衣（这是在一楼，锅炉所在地），专业音乐教学，草本疗法。“你不要去试那些东西。”黛西说。但桑德斯太太已经和草药师寒暄过一番。她于是汇报说，草药师什么都没有，以千里光[1]为治疗的开始，再以装在普通信封里的薄荷草为结束。对她这个年龄的女人，什么都没有。

不到一年的时间，黛西在兰伯特公司递交了辞呈，开始了新工作，这次是在塞德利纸箱厂，还是办事人员。这

1 菊科，多年生草本。

一次持续的月份也不长。是她干活不得力？不是的，黛西镇定地说道，她干活无可指摘。桑德斯太太叹了一口气。“嗯，你对我说，兰伯特先生总是动手动脚。难道他没有注意到可怜的埃利留下的婚戒?”“上帝呀，母亲，那枚戒指只是在电车上用的,”黛西说道，“只是在路上用。工作的时候，我就摘下来。兰伯特知道我十五岁，他知道我没有结婚。我们不要再谈兰伯特了。”

“那塞德利先生呢?”

“他更糟糕,”黛西说道，“他甜言蜜语。”

“甜言蜜语”这个词，在伦敦南部，就不是轻描淡写的意味。也不会有人觉得黛西难相处，或是难满足，甚至没人觉得她挑剔。正好相反，她慷慨大度，正是那种心都可以掏出来给你的女孩。只是她不喜欢兰伯特老先生为她做决定，更不喜欢年轻的塞德利给她做决定。

很多人没了工作，她记得以前可没有这么多人。她证明自己是上过学的，还从圣雅各基督教堂的哈格特神父处得到了一份推荐书。神父同情自己的教区居民，只要在情理之中，能帮他们挣钱，他都愿意签字。有了推荐书，黛西找到一份洗盘子的工作，但一周只有七个先令，还要交三便士的押金，以赔偿打破的餐具。

黛西爱自己的母亲，母亲是她唯一的亲人。但黛西觉得，也可以说是自己害死了母亲。1909 年的春天，塞尔弗里奇百货公司在牛津街开了一家店。印了好多传单，贴在橱窗上，到处都是，大家都看见了。在教堂大厅后面的女性阅读室，黛西看到了这张传单。“塞尔弗里奇百货公司开张大吉，我们诚邀所有英国公众以及海外游客光临，无需入店凭证，在开张之际，你将享受到购物和观光的双重喜悦。崭新的购物环境，历经时间考验的经营原则——真诚的交易，竭诚的服务。”

传单上说，在这沮丧的萧条时期，公司雇用了一千五百人，一年之内，宏伟的大楼平地而起，柱廊的前门，自成一景。大楼有电梯。“如果你想去，我就带你去看看，”黛西对母亲说，“那天我只有半天班。”桑德斯太太经常去伦敦西区，但从未进过大商店。想着高挑漂亮的女儿要护着自己去大商场，她几乎要高兴得发狂，但还是设防地说道：“我不在意，如果你正好去那个方向，就去。”

她们坐电车去维多利亚，然后搭乘敞顶的公交车，两个人就像是云雀一样，一点点地爬上楼梯，坐到了左手边的前两个座位，这样视野最为宽广，只是天空中云层灰黑，像要下雨。牛津街上全是马匹和汽车，几乎水泄不通。她们在 424 号寒酸的拉斯科布料店下车。为了向塞尔弗里奇百货公司的顾客表达尊敬，人行道上铺上了红地毯。甚至去拉斯科布料店的寒酸顾客也可以蹭上地毯边。进了大门，灯火通明，戈登·塞尔弗里奇身着长礼服，亲自巡视；等到夜幕降临，他则换上晚礼服。桑德斯太太女王般地朝他点点头。有黛西挽着她的胳膊，桑德斯太太觉得并不屈尊于任何人。她很高兴，并不是因为这里商店多达一百个，在广告中被比作最遥远的东方集市，也不是这里有一千两百名售货员，而是她有机会向他们展示，她这样的女人，并没有把这些放在眼里。

一百个商店，她们大概看了其中的二十个之后，黛西提出建议，说坐电梯上楼，到露天茶苑。茶苑在大楼的楼顶，她们可以呼吸一点新鲜空气。黛西说这话的样子，就像是母女二人刚从遥远的乡村而来，从绿色树林中而来，或是从土豆田地而来。

“空气！”桑德斯太太说道，“他们不可能空气也要我们付钱吧。”

“到目前为止，我们还没有付过钱。”黛西说道。

这些天，每天清晨，塞尔弗里奇百货公司开门营业，要吹响号角，晚上关门，再次吹响号角，仿佛每天在购物中度过，都是载入史册的大事。之前，桑德斯太太虽然说过好多关于号角的事情，现在有了机会，似乎不再关心是否听到号角。

“我想回去了，”她说道，“也就是这些东西。”

“母亲，你累了。”

“不，我不累，”桑德斯太太说道，“我什么时候累过？”

“觉得累了，又不是什么罪恶。”

“但承认累了，就是大过错。”

这之后，她就没怎么说话，她们再次转车去搭乘电车，穿过河，回到了自己的地盘。市场上的街道黑黢黢的，摊位都推到了旁边的小巷里，用油布裹得严严实实的。你可以闻到马厩那种不透风的气味；马被关进马厩过夜，不时地换脚踱步。街道路口的煤气灯下，传教士、政治演讲家、马克思主义者、妇女参政论者，眼见没有了听众，无论有什么样的家，也都回去了。

“黛西，你觉得商店怎么样？”桑德斯太太问道，“你觉得可以开多久呢？一层楼又一层楼，全是东西，我都没怎么看他们的要价。全放在那里，任凭大家盯着看，不怎么体面的样子。”

“我知道，”黛西说道，“他们几乎就是求着人进来，请人随便拿东西了。”

她从裙子口袋里掏出前门的钥匙。

“嗯，我真拿了一件东西，就一件。”桑德斯太太说道。

黛西心想，上帝呀，她没有吧。但应该不是什么大东西。她问道：“你怎么拿回来的呢？”

“还是老办法。”那就是放在伞里面了。黛西伸出胳膊搂住她骨瘦如柴的小个子母亲。

“黛西，我为你拿的，给你的礼物。”

“不，你没有拿。”黛西说道。

“嗯，也许没有。”

等她们到了楼上，一看，原来拿的是发卷，一团假发，别在头发上，增加发量，好做流行的发型。但这种发卷的颜色总是不太匹配，总是看得出来是假发。而这个发卷是金黄色的。

“你真喜欢这个？”黛西疑惑地问道。

“不，算不上。现在再看，不太喜欢。跟我的头发不配，跟你的头发也不配。当时看到，就想起了我在你这个年龄的头发颜色。下次再去，我们就送回去吧。”

“有一千两百个售货员盯着顾客，本不该担心，但我想每天打烊的时候，他们都会发现丢了好些东西吧。你应该拿你真正想要的东西。”

三天后，桑德斯太太死了，当时黛西在上班。母亲的死，让她心痛；当时不在场，更让她难以释怀。她并没有询问医生，去伦敦西区会不会是心脏病突发的诱因，她知道医生也没办法给出明确的答复。因此，她只字不提。

草药师，专业音乐教学的老师，还有洗衣店的人，都找来了，进了黛西的房间。房间里有盥洗架，有煤油炉，两样东西都放在帘子后面。她深知这些人的来意，他们是来看看有没有东西可拿。黛西对他们说，等她把一切安排妥当后，他们再来看看有什么吧。母亲的东西，除了母亲年轻时候的照片，其余的，她都不要了。从照片看来，桑德斯太太并没有金色的头发，但那个时候是靠摄影师染色，也许把颜色搞错了。

“桑德斯小姐，家具不要了?”草药师问道。

“我不住这儿了。”黛西说道。

“盥洗架呢?”

“我不会带走的。”他肯定猜出盥洗架在帘子后面，或者他打探了一番，知道架子是大理石台面。

黛西通知律师，对方真心想要表示遗憾。等到黛西前去拜访，询问埃利姨妈房子的事情，他指出，因为桑德斯太太去世，每个季度 5 英镑的款项也就自动终结了。

“那这钱归谁了呢?”黛西问道。那律师说，她好好考虑自己的将来，应该会过得很好。黛西告诉他，她之前想成为医院护士，现在仍然想，而且也不需要考虑母亲了。

“进入护理行业，有两种方式，”他说道，“一种是成为普通的实习护士，我知道大多数实习护士都来自家政服务行业。另一种就是支付附加费，接受培训成为护士小姐，当然制服会很不一样，也不需要去做那些倒胃口的工作。我猜，你应该没有接触过护士小姐。”

他给了建议，没有收费，可能是作为一种赔偿，毕竟黛西没了哈斯丁房子的租金。

第九章
黑修士医院

*

黑修士医院的护理主任只在星期五的两点到四点之间面试申请者。黛西摁响门铃，走了进去，通过外门，再通过内门，一路给自己打气，不要被其他面试者比下去。黛西身着海军蓝外套和裙子，戴着海军蓝草帽，草帽上有专利涂漆，即便是在大雨中帽子也不会变形。两根带玻璃珠的别针固定草帽。衣服的袖子很短。她不得不把袖子卷起来一点，以遮掩袖口的磨痕。有些人会用墨水来掩盖，但黛西从不那样干。内门上贴了一张告示，上面写着："很多人想要在本院培训成为护士，每年我们拒绝的申请者超过千人。每年大约有四到五个人被录取。"挑战的话语，勇者迎难而上。因为这几句话，或者尽管有这几句话，等候室里也是座无虚席。黛西站在墙边，瞧着呆板僵直而坐的女孩子们。她们都穿海军蓝的衣服，袖子也都短得不自然，都戴着草帽，只有一个例外。那个女人深色皮肤，看起来是外国人，可能是西班牙人，也可能是直布罗陀来的，比其他人年纪大。超过了三十八岁，就不能申请；也许她是三十七岁吧。她问黛西，是不是很远过来的。黛西说，她习惯于走路。其他人都移开了目光，如果听下去，仿佛就要受良心谴责，让出自己的座位。

“下一个很快就出来。”深色肤色的女人说道，“今天，她面试的时间都不长。”

“那你之前来过？”黛西问道，但这问题并不得体，对方也就没有回答。护理主任办公室的黄铜锁白色门打开了，一个女孩走出来，低着头穿过房间，对接待员说了什么（但没人听得见）。来申请的女孩们都稍稍动了动。她要么感冒了，要么哭了。接待员叫来门房，请他去叫一辆车。也许这位申请者是一位小姐。

黛西是最后一位。她带着敬意看着坐在桌子对面的女人。你必须拼尽全力，也许要战斗，也许要流血，才能得到这样的位置。护理主任个头矮，脸色苍白，头发花白，坐得笔直，就像是挂在钩子上一样笔直。

“你可以坐下。”

她拿起面前的申请表格，读出了黛西的名字和地址。

“你快要十八岁了。单身，还是丧偶？如果丧偶，有孩子吗？如果有孩子，孩子如何安顿？”

“我单身。”

“有需要照顾的人吗?”

“现在没有了。”

“你可以称呼我为主任。”

“主任，现在没有了。”

“那之前?”

“我母亲。她于三月去世了。”

“这一来，你就可以申请进入护士行业，一旦进入护理行业，就必须离家居住。”

“是这样的。”

“那么她的死对你是解脱。”

“不，我不会这样看，我不这样看。对她也不是解脱。”

护理主任似乎没听她说这话，而是专注地看着桌上的文件。“你的出生证明。你太年轻了，但地方长官改变了政策，年龄上有所松动。预防接种证明。身高?”黛西说，她认为是五英尺六英寸，不穿鞋。“这不是你认为的事情。”护理主任说道，“在维克特勒中学[1]读过书，有证书，品行良好，读书用功。你学过拉丁语吗?我说‘enemata[2]’,

1 维克特勒中学（LVS Ascot）创立于1803年，位于英国伯克希尔郡，由特许贸易慈善机构（LTC）运营，在许可饮料贸易工作的父母可享受20%学费折扣。（编者注）

2 灌肠剂。

你知道是什么意思吗?”

黛西不知道，但说自己准备好了学。

“我并不指望前来申请的女孩知道多少。嗯，你身体是否健康结实，一直都是如此吗？为了节约时间，我来解释一下，今天几位申请者显然是过后才想起自己小时候得过风湿热，这也就是说，如果收下了她们，她们随时都可能垮掉，只会成为麻烦和多余的开销。”

“我一直都健康结实。”黛西说出这话，感觉乔装的衣服之下，身体的自尊在伸展，就像是一只猫沐浴在阳光之下。

“你的视力和听力也毫无问题?”

“是的，我认为是的。之前从未想过这个问题。”

“你看我戴着老花镜。现在，我需要眼镜，但做实习护士的时候，我不需要。你身体上有缺陷吗?”

“什么样的缺陷?”黛西有点不安。

“也就是我一眼看不出来的问题。你也许月经过多。也许身上有大的疤痕。也许脊柱弯曲……你肺部有问题吗?”她抬起头，目光锐利，“我说肺部，你明白?”

“是的，明白。”

“与肺相关的。我们这一行不需要病恹恹的护士。甚至可以说她们是这一行的敌人。但最重要的是，我们不想有人经常病恹恹抱怨不舒服。作为大致的参考，记住了，男人平均一年生病四天；成年女性四分之一的时间都有实质性的疼痛，逃不掉的。”

黛西对主任顿生敬仰之心。到目前为止，身为女性应该有的疼痛，她是完全没有感觉到。

“接下来，我要问的是：医院的规章制度，你看了没有，懂了没有？我发现看了和懂了是两回事。申请者在等候室领取规章，面试前看一遍，时间足够了，但事实是，她们往往都没看懂。”

没人给黛西分发医院的规章制度，也许发完了，但说出来可能会给接待员惹麻烦。她就估摸着说了一句。

“我很早起床也没问题。”

“病房里的重体力活儿呢？第一年试用期只有一个星期的假，如何呢？”

“都没问题。”

“你说什么？”

“主任，我没问题。”

“你出去的时候，可以再领一份规章制度。我还要看推荐信，特别是你上一位雇主的推荐信。”黛西犹豫了一下。“如果你现在没带书面的推荐信，那就下个星期五再来见我。”

这位小个子的护理主任冲这个高挑、丰满、勇敢却不太有底气的年轻女子点了点头，示意她可以走了，这个年轻女子的推荐信显然有不足之处。黛西在医院宽敞的门廊停下脚步，把脚上的好靴子脱下来，换上旧鞋。她走在下午明媚而寒冷的街道上，心里不敢太抱希望。不一会儿，那个等候室的深色皮肤女子赶上了黛西。她肯定是在附近逗留，等着跟黛西说话，她说，“小姐，你记得我吧。刚才我没有回答你的问题，但我现在来答复你。你问我之前是否申请过这家医院。我申请过，但每次她们都不肯收。表格上有一栏是‘单身或丧偶’，我没法填。我能写什么呢？你看呀，我是单身，但我有个孩子。”

“有人辜负了你，是吧？”黛西问道，“如果我是你，我就那样填。”

那个女人神色凄凉地看着她，说年轻就是无忧无虑。“我就住在这附近。也许你可以来我家，喝杯茶。”

“不，谢谢你，还是不去了。”

“来嘛，又花不了多少时间。”

“不了，我还是上路吧。”

“如果我结了婚，你就会来的。”

“如果你认为我会拒绝，刚才就不该告诉我，”黛西微笑着说道，“没道理嘛。”

她们在一家精加工洗衣小店门口停下来。这家店从大一点的地方拿来已经大致熨好的衬衣，专门熨烫衣领。“在这儿，大家都叫我马丁内斯太太。”

“也没什么不可以的。”黛西说道。

马丁内斯太太走过洗衣店，只是对负责的女人点了点头。她从柜台上的柳条洗衣篮里抱出一个大约两岁的孩子。这孩子刚才坐在那里，手里玩着一把挂钩。你从未见过英国孩子这么安静地坐着玩。

“哎呀，这是你孩子？”黛西说道，“好可爱。我还以为你的孩子会更大呢。”

“我已经过了三十五岁，”马丁内斯太太说道，“但很不幸，似乎我还有生育能力。”

“我明白了，”黛西说道，“你应该懂才是呀。”她伸出胳膊，抱过孩子，轻柔地拂过手，不让孩子抓掉她固定帽子的别针：“没必要想得太多。”

“我们能生育的，就是不幸的人。”马丁内斯太太说道，“然而，你会等来那一天的，觉得三十五岁也不算老。”

“我也不会去操心那个。就算是到了 1939 年，我也不操心。”她们都笑起来，这个年份听起来好荒诞。她们往楼上走，楼梯平台上有个鱼尾煤气喷嘴和一个水池，她们停了下来。透过后窗，黛西看到一个很小的院子，里面有个水龙头，还有停水时用的水泵。

院墙之上是一块耀眼的天空，飘荡着银白色的云朵。“这样的天空，没有大雾的天空，”她说道，“你应该是喜欢的吧。”可是马丁内斯太太来自西班牙的采煤区，天空整年都是灰蒙蒙的，似乎只有大雾才让她在伦敦有家的感觉。黛西把裹着衬裙的小男孩交还给他母亲。“马丁内斯太太，我得马上走了。”她看得出来，院子里的每一滴水都要设法收集起来。每一杯茶都是负担。

“就要走了啊，真是遗憾。我还想多聊聊呢。也许可以谈谈女人们的悲哀。”

黛西往下走了两步，又停住了。

“但你真要走，”马丁内斯太太说道，“你可不可以帮帮我。”

“你的意思是——”

“就是，帮我渡一渡难关。”

“马丁内斯太太，你缺多少呢?”

“哦，一先令六便士，两先令六便士。”

“你自己不清楚到底是多少?”黛西问道。

“是的，我还真不清楚。”马丁内斯太太说道，似乎还笑得出来。

“是有人逼你付钱吗，是那种事情吗?”

黛西通常把钱装在内衣胸口的口袋里，但今天她穿的是见客的衣服，得考虑仪态。钱就和钥匙一起放在裙子的口袋里。她扯出钱袋，掏出两枚一先令的硬币。马丁内斯太太面不改色地接过钱，拿了一枚给孩子捏着。

黛西终于读到了医院的规章制度，上面规定申请者应该提供一份来自本人宗教场所的推荐信。“又要推荐信，你现在多大了?”哈格特神父问道。神职人员的房子了无生趣，他们在书房里。“十七岁，嗯，我就写你聪明、工作努力、诚实、宽厚。如果不喜欢我写的，你就摇摇头。”

“‘诚实’这一条，我不太说得清，”黛西说道，“我觉得对错都是看情况，诚实也是。”

“那就是你自己定规矩了。”哈格特神父说道。

“不是，它们就是视情况而定，”黛西说道，“它们不变，但它们所指的东西要变。”

“你觉得我要同你争辩，但我不会。”哈格特神父说道，“就依你的意思，我不说诚实。换成绝对可靠吧。”

门被一把推开，管家太太站在门口，说牛尾做好了。“你可以现在趁热吃，或者等放冷了吃。史密斯神父想要早点用他那份。”

“有人叫我了。”哈格特神父一边说，一边又写了几行。

“你不应该让管家对你呼来喝去。”黛西说道。

“你不应该把人生看成战场。”哈格特神父说道，“战场上，你只能通过欺骗和暴力获胜。我会为你的新职业祈祷的。黛西·桑德斯，也为我祈祷吧。”

神父在桌子的抽屉里找信封，黛西对他表示感谢。

黛西之前就担心，另一份必不可少的推荐信要来自她上一位雇主。她给年轻的塞德利先生写了一封信。他没有回信，于是黛西就亲自去纸箱厂一趟。黛西知道，他每天都雇汽车来接他，时间大概是六点半。塞德利认出了她，问她有没有改变心意。她说没有，但想要推荐信。塞德利告诉她，他不想给她写推荐信，她可以把推荐信贴在自己的屁股上。他跳上汽车，重重地关上车门。黛西看到他重重地坐到座位上，弹簧振动发抖。她也没在塞德利纸箱厂浪费多少时间，就去了兰伯特的玻璃仓库。门口的接待员是她的朋友，直接让她进去了。对老兰伯特先生连哄带骗，连求带吓，事情要容易得多。他担心黛西是来找麻烦的。

“桑德斯小姐，让我想一想呢，你是什么时候离开的呢？”

“我想要你明确地写，黛西·桑德斯小姐的工作让人满意，两个星期前离岗。”她开始可怜兰伯特先生，决心动摇，但还坚持住了。“兰伯特先生，就这样写吧，你不用再担心，你再也见不到我，我向你庄严保证。”

老兰伯特先生心摇意动，犹豫不决，努力想要撑住场面。他的脸皮全是褶子，眼睛湿漉漉的。“你现在想找的是什么工作？”

“我想成为医院的护士。”

老兰伯特似乎松了一口气。“护士！啊，我们所有人迟早都需要护士。你想要照顾别人，就这样，是吗？”

黛西说：“我想知道人体如何运作，如果出了问题，应该怎么办。”

“你这样想就错了，大错，那是医生的事情。护士当然不应该知道运作的事情。桑德斯小姐，你只需要安慰，安慰和照顾，鼓舞精神。”

“我的确是想做这个。”黛西说道。

“精神和身体一样重要。”老兰伯特说道，他也许终于明白了这一点。

黑修士医院收下推荐信，录取了黛西，大家称呼她桑德斯。七周之后，参加第一次考试，在这之前，她甚至还不是实习护士。她们建议她去买一本二手柯克，鞋子要比平常穿的大一码，大量的内衣物；如果还有多余的钱，就买点香皂，一瓶古龙水，再加一盒可可粉什么的。所谓柯克，是护理手册。最后一晚待在曾与母亲共住的房间里，黛西拿着柯克手册坐下，看了看常见的问题。

1. 面对烦躁的病人，你如何让其平静下来？
2. 遇到晕厥情况，你如何处理？
3. 心脏有问题的病人应该泡澡吗？如果不能，为什么？用什么方法来替代泡澡？
4. 内科医生前来查房，你的职责是什么？
5. 你该如何让水蛭吸血？怎样才能保证水蛭精确的吸血位置？怎样才能判断水蛭的首尾，最佳方法是什么？吸血之后，如何让水蛭吐血，以便尽快再次使用？

黛西报到的那一天，内务护士已经劳累到无以复加，她被带到一间双人小隔间。另一张床上有一堆毛线袜子，一听饼干，一个锡皮箱。箱子上的名字是 K. 史密斯。

“她这堆垃圾，总得收拾，”内务护士说道，“你就开个头吧。穿上裙子，戴上帽子和围裙。不，不是那样。”护士长说话的时候，实习护士要站起来；手不能放在兜里；绝不能靠墙或是靠桌站；绝不能在走廊大笑、跑、说话。记住了，要称呼医生和医学生“先生”。只有护士小姐学员可以称呼他们“医生”。

那个叫凯特·史密斯的终于现身了，原来是在走廊里迷了路。她甚至连这些初级的规定都记不住。黛西立刻就当她是需要保护的朋友。她们第一次一起工作是在女病房。黛西负责右边，凯特负责左边，给这些需要手术的病人扎紧辫子。黛西先完成，回头一看。

“上帝呀，凯特，你干的是什么呀?”

“帮我做好吧。黛西!”

黛西很快就帮着她做好了，这是第一次，以后还有很多次。慷慨对给予者而言是非常危险的，但黛西并不懂。

第十章

男病房

*

整个男病房安顿妥当，迎接早查房。病人们洗漱完毕，伤口包扎好，迎风的窗户打开一点五英寸，背风的窗户打开六英寸；晚上煤气灯燃烧之际，背风的窗户则是多打开两英寸。腹部有问题的病人仰躺；中风的，脸朝下躺；颅骨破裂的，侧躺；骨折的，胳膊腿放在木块上（在病房的尽头，木头用完了，就放在锡盆上）。咳嗽声平息下来；不再有人病态地好奇屏风后面的病号什么样；23号病床偷偷带来的牛肉腰子馅饼（在手术前保持他的体力）被悄悄拿走了。被单铺得平平整整，白白净净，清清爽爽，这是平衡而和谐的一刻，不太像真的，这一刻，护士和实习护士们知道，她们是艺术家。一排排的白色病床，展现出一种难得的宁静错觉，这时，一群身着黑衣的人出现在病床之间，他们站在这张床前，或是那张床前。在护理主任的指引下，前来会诊的外科医生带着他的学生队伍，驻足停留。于是，这张白色的病床成了焦虑和痛苦的地方，回忆痛苦的地方，或是预想痛苦的地方。外科医生、护理主任和学生们挪步前行，实习护士恭候片刻，再上前整理床单、枕头和床罩，安顿病人。病人不仅大受惊吓，还痛失在黑修士医院男病房仅有的瞩目时刻，也许是在地球上仅有的瞩目时刻。

黛西认为她的感觉是独一份，因此责备自己。后来知道，她们都有这种感觉，所有的护士实习生，看到白色的病床，看到穿黑衣的队伍，都变得不理智起来。“我们全都疯了。”她对凯特说。凯特说，她们不会疯到塞奇医生的地步。

特级医生[1]塞奇，当然不疯，但他很任性。他喜欢语出惊人，在医院的保护环境之下，他每每如愿，也就习惯成自然。站在发烧病房的尽头，黛西不见其人，先闻其声。

“护士长，拿破仑那样的好战喜功，血流成河，但这算不了什么，要知道有无数人因为错误地相信炖牛肉汤的食疗功效而进了坟墓。这东西作为一种食物，就像是沙漠中口渴之人看到水的幻影。他们看见的不是真正的水。炖

1 比会诊医生低一级。

牛肉汤也是这样，不是食物。”

黛西抱着一堆干净的绷带，拿给病人们卷成捆。他们没有东西可读，也没有活儿要干，总得找点事情做。塞奇医生本来是对着病房的护士长高谈阔论，这时转过身来，听诊器还挂在脖子上，撇着得意扬扬的灰色小胡子。他指着黛西；这是他的套路之一。“你，年轻女子，第一年的实习护士？”

黛西回答说，是的。

“名字呢？”

“先生，我姓桑德斯。”

“你听到我对莫里斯护士长说的话了？”

“是的，先生。”

“告诉我：你小时候，喝过牛肉汤吗？”

“先生，我们喝的是牛蹄炖的肉汁。”

整个病房都望着他们，就像是看戏一样。能坐得起来的病人，都坐得笔直。塞奇先生愤怒地大声叫道。

“桑德斯，可不要错误地认为你靠那东西活着！”

没错，塞奇医生纠正了黛西，病房的人满意了。他们喜爱黛西，有精力充沛的黛西来照顾，他们觉得安全，但黛西至少还要等一年的时间，才能跟医生说话。这一次，病房的护士长不打算追究。但塞奇医生有了根深蒂固的印象，有了这一印象，他就再也没时间有别的印象。每一次讲座，基础生理学、解剖学、药物学和卫生学，一开头都会强调护士的第一职责——那就是绝对服从。塞奇医生觉得这个实习护士没有做到这第一职责。桑德斯没有反驳他，但桑德斯也没有给出他想要的答案。不管怎样，塞奇医生还是相信她会成为好护士。可病人们信任塞奇医生，不是因为他值得信任，而是因为他对新方法嗤之以鼻，还因为只要病人可以吃东西，他就给开大剂量的药品，装在专属的瓶子里，让他们大口服用。医院的药房也就是医院的引擎室，一排排的药品，按照字母顺序摆放，依次有aceta（即醋）、aquae（即水）、香膏、糖膏、保存剂、汤剂、灌肠剂、萃取物、甘油、灌注剂、皮下注射液、油剂、胃蛋白酶、树脂、酒精、succi（即果汁）、糖浆、甲状腺提取物、锭剂、软膏、蒸汽、vina（即红酒）。病房里，肾脏病人服用硝酸钾、海葱和金雀花，穿着厚厚的长睡衣，等着出汗。发烧病人每十五分钟用一茶匙水冲服一滴乌头，再每一刻钟服用锑剂。肠炎的婴儿服用焦油冷浸剂和白兰地。鸦片，治疗胆结石和绞窄性疝；士的宁，治疗麻痹瘫痪；油或者欧洲鳞毛蕨，治疗绦虫。过量的药剂让病人们单调乏味的生活跌宕起伏。锑剂过量，晕厥；奎宁过量，耳鸣；水杨酸过量，谵语；士的宁过量，无法吞咽（并伴有剧烈抽搐）；汞剂过量，流涎；碘剂过量，不受控制地打喷嚏；退热冰过量，皮肤出现朦胧的蓝色。用石炭酸给病人内服消毒，尿液则出现橄榄绿色。没关系，所有或大多数的药剂过量都可以纠正。制成合剂！塞奇医生用量大胆，还配有大黄、醋和蜂蜜，极大地增加了风味。塞奇医生的手下在药房深处一番碾磨混合，配好的药装在绿色和红色的瓶子里送出来。护士接受过训练，拿起药瓶，总是把药品标签亮在最醒目的位置，再把药倒入有着神秘刻度和数字的干净药杯里。病人们乐滋滋地一饮而尽。药瓶子上有他们的姓名。医生给他们开药了。

第十一章

病人詹姆斯·埃德

*

1912 年 1 月 16 日，詹姆斯 · 埃德从阿德尔菲台阶纵身一跃，跳进了泰晤士河。河面有雾，但一条小船的船长还是看到了他，船长保持詹姆斯的头冒在水面上，等来一艘路过的汽船把他打捞起来。他被送到滑铁卢警局，放到了床上。这个警局有一张床铺，专门救助落水的人。有人按照西尔维斯特方法给他急救，再转入医务室。但他开始说胡话，情况看起来很严重，不能送医务室。于是，警察把他放到担架上，送到黑修士医院。担架上放满了装着热水的各式罐子，他两条胳膊下各有一个，胯下还塞一个。医院收下病人，巡警等着回收罐子，那是巡河警署的财物。第二天早上，巡警还会再来一趟，做笔录，如果属实，就指控他自杀未遂。

根据他口袋里的私人信件，已经确定了他的身份，名叫詹姆斯 · 埃德。凌晨，两点七分，他醒了过来。男病房的值班护士长有两位术后的病人要照看，就让黛西关注这个23号。23号刚收进医院，手术病人就出来了。吞了泰晤士河的水，通常会得伤寒，但这要几天之后才能确定。23号病人半梦半醒，嘴里嘟囔，大声叫“弗洛”。黛西走过去，坐在床边，告诉23号，她不是弗洛，是医院的护士，现在他在黑修士医院，非常安全。“握住我的手，弗洛。”他说道。“我不是弗洛，”黛西重复道，“我是实习护士。”

“你为什么把我带这儿来了?”

“你身体不舒服，伤了头，吞了很多脏水。”

“我不得已才那样的。弗洛，你知道为什么。如果不知道，你可以问律师。”

“你现在必须保持安静，”黛西说道，“等到早上，你就可以和家人说话了。”

“我没有家人。我没有钱。我不想称呼你护士。我想称呼你小姐。我想要称呼你永恒的女人。你会害臊吗?”

“我没有什么可害臊的。”为了让他安静下来，为了让他相信是在医院，黛西给他测了体温，又把体温计放回康狄液的罐子里。病人抱怨口渴，得知在医生查看之前，不可以喝任何东西，他变得烦躁不安。黛西用冰块揉搓他的前额，握住他的手，这时他再次大叫：“弗洛!”

“嗯，说吧，是什么?”

“我有事情想要告诉你。”

“嗯，我在这儿呢。”她说道。

黛西在医院已有一年半，习惯了病人有话要告诉她，值夜班的时候尤其如此。医院的黑夜，这九个半小时是另一片时空，伴着调暗的煤气灯光和细细的咝咝声，几乎就是与不眠者共享的自由。

“你发誓在听我说话。”他说道。

“我在听呢。”

“我自杀了，不是吗？所以你们把我带到了这儿。可悲呀，可悲地浪费了光明的前程。是的，我自己要死，跳了下去。我想问你一件事。请你本着所有的真心和诚挚，告诉我：报纸上有我的消息吗?”

嗳气，轻微呕吐，呕吐物为水和黏液的混合物。

“报纸还没有印刷出来吧。”黛西说道。

“现在几点了?”

“四点三十二分。”

“正好处在黑暗和黎明之间。”

“还不是呢，现在是冬天。还要等很久天才亮。”

“等黎明来临，会印在晨报上吗?”

“我觉得应该不会。”

“他们什么时候印报纸呢?”

“你想的全都是这个吗?”

“是的，全部。”

“想想好起来吧，”黛西说道，“如果没有家人，肯定有朋友吧。”

“我没有朋友。”

“那弗洛是谁呢?”

“不是朋友。”黛西费了点功夫，把垫单抽了出来，他的脑袋偏向一侧，仿佛是在倾听，接着他又说开了。“她可能会在报纸上读到这消息。等到黎明如一道闪电划过天空，她可能会看到一条大标题：**沃平职员自杀未遂**。”

“沃平那儿有很多职员，”黛西说道，“挤得满满当当。”

“但并非人人都要结果自己的性命。”

“不是你自己的命，”黛西说道，“你怎么有那个想法的呢?”

“我觉得你并非有意这样跟我说话。立刻给我喝点东西。出去给我买份晨报。”

“我上午七点下班，”黛西说道，“我必须在上午九点准时上床。”

“弗洛，你的床在哪里?”

管事的夜班护士在巡视病房，走近的时候，正好听到23号哀怨地重复问：“她的床在哪里？谁给我一份晨报？接下来轮班的是谁？”

“桑德斯，你需要一张干净的垫单。”

“是的，护士长。”

她们走到病房的尽头，在值班桌前，护士长问道：“说胡话？”

“是的，护士长，我觉得是。他还很容易激动。”

“体温98.2[1]，口渴，呕吐，谵语，烦躁，只需要在记录本上写这些。如果他容易激动，很有可能不会是伤寒。你去给自己冲一杯可可吧。”

护士只有在晚上才能进入病房的厨房。厨房的墙壁与病房一样，深绿色的墙漆到肩膀的高度，之上是奶油色；水壶有大锅那么大。一切都很普通，但病房的厨房属于深更半夜，本来应该睡觉的人还在工作，人的思维和体能都降到了最低点。

上午，来了一个巡警，护理主任坚决不让他见亚历山大病房的詹姆斯·埃德，让他等进一步的通知。这是她一贯的政策，警察也习惯了。让巡警惊讶的是，他被叫到护

1 此处为华氏度，即36.8摄氏度。（编者注）

理主任的办公室，主任说，医院没有收到这位病人的地址和完整的身份信息。巡警提供了一份警局的报告，说，从埃德的内衣和他的账单信件来判断，他是一位绅士。

“绅士从黑修士桥上跳下，不是绅士从桥上跳下，两者动机很不同吗？”护理主任尖锐地问道。

“我说不出来，”巡警说道，“护理主任，你也知道，总是有人要跳。呼吸急救小组一直待命。我们用的老方法，西尔维斯特方法。”护理主任皱起了眉头。这个时候，塞奇医生显然是有空闲的时间，不请自来，参与了讨论。“巡警，”他饱含感情地说道，“一个不幸的人，在这个国家，他的行为在法律上依然被视为罪行，而你的上级打发你逗留在他的床边。如果这个人不是未遂，而是成功，如果这个人淹死了自己，你也要把渗水的尸首拖到地方法庭，让法院收监？你会收到这样的命令吗？”巡警说，到目前为止，护理主任都还没有允许他在病床边上逗留片刻，但如果埃德出院了，警局希望医院能通知他们。

“那就由我们掌握了。”塞奇医生高高举起双手，仿佛是要证明事情就是由他掌握。巡警起身离开，还说根据他的经验，大多数这样的自杀者如果保持安静，再喝点炖牛肉汁，都恢复得很好。

到了第二天，詹姆斯·埃德不记得说过自己住在沃平。他兜里的信封有名字，却没有地址。没有亲人，也没有朋友现身。报纸上没有半点关于他的消息，至少医院里有时间看报纸的人没有读到相关内容。护理主任看《每日晨报》，医生们说自己会瞟一眼《泰晤士报》，初级职员看《每日邮报》，医院的厨房里有《趣闻报》《警务报》，还有一周三期的当地报纸。报纸不能进病房。

塞奇医生给23号开的是牛奶和苏打，再加上酒精和氨水作为刺激物，配以铁剂防止贫血。“你很快就会康复出院。”他说这句话的语气安慰到很多人。但詹姆斯·埃德完全拒绝吃喝，而且他收住入院的时候，胃里就空空如也，情况当然就不好。跟他说话，找个恰当的时候，让他明白这都是为了他好，劝劝他——黛西临危受命：桑德斯，你去试试看；要坚定，安慰他，面带微笑，绝不放弃。他知道黛西的声音，他的记忆似乎竖起了耳朵。你是那个值班的，你是那个要给我拿报纸的。黛西奉命端来一杯温热的牛奶，但她心里觉得，没人可以靠温热的牛奶获得别人的信任，牛奶表面已在凝结奶皮。她立刻变成了敌人，她不肯把报纸交出来，或者撕毁了报纸，她太愚蠢，读不懂大写字体。“上面说的是**英勇的自杀未遂**。你在学校没学过阅读吗？”

“我们这里的人都要迟钝一些。”黛西说道，“你很烦我们护士，你需要有人来探望你。你知道，我们可以到电报局给他们发电报。”

他一声不吭。

“你有个认识的人，叫弗洛。是弗洛尔，还是弗洛伦斯？”

“婊子。”

“我的 23 号病人还是一点儿进展都没有。”黛西对凯特说。

“你没有攻破他的防线？”

“我攻破了整个病房的防线。”黛西说道，“星期三，我的六个半天班之一。我不在的时候，如果有人胆敢死，我就让他们后悔出生在这世上。”

两天半之后，詹姆斯·埃德还是没有吃喝任何东西。他的病床前摆放了屏风，其他病人觉得大有乐趣，他们想当然地认为，既然看不见他，他也就没法听见他们的谈话。除了垂死的病人，食物就是他们最大的兴趣。医生总得让 23 号病人吃点东西，要么就是他主动吃，要么就是强行喂食。

塞奇医生开药大胆鲁莽，却誓死反对强行喂食："他们告诉我，如果是精神病患者，想要投票权的女性，在法律上就可以强行喂食。护士长，你觉得呢？护士，你觉得呢？在监狱里做三级犯人，两周的时间，绝食示威，钢制的张口器械，塞进鸡肉？你们告诉我说，这与体面行医无关。是的，他们想出了各种各样的诡计。在儿童病房，我发现他们在那些小鬼头身上抹蓖麻油，希望这东西能穿透皮肤，营养身体。但我说，男人、女人、孩子、精神病患者有权决定是否要继续活着。医学多变的漫长历史不过是短短的篇章，倒是从中给我找出一个不知道自己是否饿的男人、女人、孩子或是精神病患者来呀。"

护理主任的看法只透露给了她的副手，她认为，塞奇医生不是一天二十四个小时值班已是幸运。

护理主任和她的副手知道，塞奇医生受训成为精神病学家，是乡下某个地方精神病院的合伙人。他相信，孩子说的话，精神错乱的人说的话，也应该与其他证据一样严肃对待，所以他需要到一个远离伦敦的地方做精神病学家，免得费心费力的记录显得与他的身份不相称。

"但我还真是惊讶，他支持女性拥有投票权。"护理副主任说道。

"他不支持。他认为任何人都不应该投票。"

第十二章
凯利

*

星期三，黛西是半天班，她穿上外套，戴上大黑头巾帽子，朝河边走去。从孩提时代起，她就熟悉这条河的声音，嘈杂，不都是友好的，现在她不需要一天渡河两次了，还很想念。她只给自己两分钟的时间，仅够看一艘驳船经过，然后就前往区图书馆。市政消毒熏蒸室将图书馆和公共洗衣房连在一起。发生疫情，图书在熏蒸室消毒，旧衣服在熏蒸室煮沸，然后再分发给需要的人。三座低矮的长条建筑，灰色和红色的砖墙上是白色的字体，强有力地让人感到里里外外都是强制性的干净。

图书馆拥挤的阅览室里，暖气片散发出金属味的热气，一位老人仿佛长在椅子上，埋头打盹，面前一堆《黑修士、沃克斯豪尔和坦普尔公报》。

“打扰了，这几张当地报纸，我必须看一眼，”黛西说道，“马上还给你。”

“如果我没阅读，他们就不让我坐这儿。”他抱怨道。

“他们要来说什么，我就告诉他们别吵。”说着话，第一份报纸，她已经看了一半。

“不应该那样对他们说话，他们说了算，你说了不算。”

“我就那样对他们说话。”黛西说道。

报纸上只有三个版面的新闻。最新的一期报纸上，开头的新闻是地方政府委员会为城市公共住房安装抽水马桶造势，接下来是本地婚礼，秘密共济会会员的年会晚餐和快乐大合唱，还有一个故事（配照片）。故事里，在爆炸冲击波的作用下，一只猫咪飞出房间，有如神助，落在了地上的一顶女士帽子上，安全着陆。据说是读者给他们发来的故事和照片。

黛西找过工作，非常熟悉小报纸的办公室。但自从母亲去世，她去登过照片后，就再也没去过这类办公室。去这样的办公室，她很熟悉；上楼，走过破旧的油地毡，穿过窄窄的通道，通道两边堆放的是旧报纸。旧报纸要留着卖给收废纸的人。她打开一扇结霜的玻璃门，立刻说：“不要问，我不登广告。我找编辑。”

房间里有两个人，一个比另一个年龄大得多，另外还有个打杂的正从衣帽钩上取外套。门开了，他们抬头一瞟，看到一个漂亮女人，但不是小姐，他们也就没必要站起来，可以继续吸烟。那个年轻一些的男子伸出一只脚，推了把椅子出来，让她坐下。

“亲爱的，坐下吧，别那么着急。”

“你说得倒容易，”黛西一边说话，一边坐下来，“对我可不容易。有事情问你们。我没多少时间。”

那个打杂的戴上帽子。办公室里冷得要命，他的雇主穿着外套，现在他也穿上，拿上一堆信封，走了出去。房间太小，他这一走，宽敞不少。一时间，大家都没有说话。黛西再次开口：“我想要你们刊登一段话，一段新闻。几天前，有个人想要自杀，但被救了回来。”事实上，她基本上就没有仔细考虑过自己要说的话，“他说他的名字是詹姆斯·埃德。”

“那就只是他的一句话，”那个年长的人说道，“或许他实际姓德埃呢。”他转而摆出漠不关心的样子，开始摆弄浆糊瓶子。

“嗯，詹姆斯·埃德想要自杀。”编辑说道，“吞了什么吗？”

“没有，他没有。他从阿德尔菲台阶跳了下去。”

“没有沉下去。啧啧！啧啧！”

“他被捞了起来。我告诉你了，他没死。”黛西说道。

她非常疲惫，强打精神。

“你是亲戚？”年长的问道。

“不，我不是。”

“亲爱的，不要放弃希望。如果他依然完好如初，还会来找你的。”

编辑坐直了身体。“这个故事没用。每年有二十一个人从台阶上跳下，我们的读者对淹死的男人没兴趣，只对淹死的女人有兴趣。这新闻没有本地价值。”

“不，有价值，”黛西说道，“他在黑修士医院。他不肯吃东西，要让自己死在那里。”

“他说话吗？”

“说得不多。”

编辑前后摇着椅子，让椅子单腿立了一会儿。接着，他说道：“我是托马斯·凯利。”年长的嘟囔道：“我是斯维顿。”

“我是黛西·桑德斯。”

“黛西，你是干什么的？”

“我没有工作，”她大声叫道，“我给了你一个好故事，比帽子和猫咪的故事好，你不会傻到看不出来吧。”

“我们有很多黑修士医院的料，”凯利说道，“医院里发生了什么，比如说医生截肢，截得太多，就有人及时给我通风报信。但我还没有听说詹姆斯·埃德的事情。我想问的是，你是怎么知道的?”

“有什么不一样吗?”

“你还坚持说自己不是亲戚?”

“不是，我就不认识他!”

“如果我们刊登这个故事，你有什么好处?”

黛西小心翼翼地回答道。“也许对他有点好处。他神志不太清楚。我觉得这是他唯一感兴趣的事情，如果——”

“你是黑修士医院的护士，是不是?”

“不，我不是，”黛西说道，“我看上去像护士吗?”

“是的，事实上，你就是像。”凯利说道。

黛西坐在那里，一动不动，双手交叠放在膝盖上。

“我说的是实话。我还不是护士，是第二年的实习护士。”

“没区别。你在护理这个傻子，是不是？你应该视病人的私人信息神圣不可侵犯，除非是在法庭上，无论如何不该泄露。”

“那你就是不刊登了，”黛西说道，“我直截了当地问你，你不愿刊登。”

“我没有说过我要刊登，也没有说过不刊登。”凯利一边说，一边用铅笔轻轻敲牙齿，“你接下来要干什么?”

“走人呀，另找编辑，”黛西说着，就站了起来，“河对岸，你这样的，多着呢。伦敦南部周刊可不少。”

“你有麻烦了，”凯利说道，“你到这儿来，非常不理智。”她踏进办公室的时候，没人请她脱外套，现在说走，立刻就走，倒也是方便。走到楼梯上，她遇上从邮局回来的打杂工。两个人挤了挤，才通过狭窄的楼梯。那个打杂的男孩看着她，问她是不是身体不舒服。她说，没有不舒服。

1911年，艾瑞特面包公司在茶楼的一楼开设了女士茶室，这样的举动率先承认了伦敦有大量的女性在工作。这些女人想要安静地坐下来，花一点自己挣来的钱，即便只是买一片烤面包。如果没时间去艾瑞特面包公司的茶楼，就只能去茶点咖啡的小摊。黛西在一个常去的小摊前停住了脚步，小摊就在隔壁第二条街的停车场附近。她掏出钱袋，正在找零钱，有人从后面走上来，赶在她之前，拿出一个便士放在柜台上，替她付了钱。黛西的便士落在了那个人的上面。此人就是《黑修士、沃克斯豪尔和坦普尔公报》的编辑。为了体面，他头戴圆顶小礼帽，身穿格子外套，但都脏兮兮的。他说道：“你要去萨瑟克区，这个方向可不对。”

“我不去那儿，”她说道，“你知道的。”

“我跟你走上一程吧。在办公室，你应该是看不到我最好的一面。”

“我不知道你最好的一面是什么，”黛西说道，“所以你才走出来，追上我的？”

“我刚才有些恼怒，”他承认道，“通常没有年轻女子独自前来。”

“剩下那么多事情，你都让可怜的斯维顿先生做？”

“也没有多少事情可做，不过就是剪剪贴贴。他时不时地就要出去喝上一杯。若非我慷慨大度，早解雇他了。”

“这么说来，这家报纸是你的了？”

“再给她一杯茶，”凯利对摊主说道，“不，是出版商的。”

“那慷慨大度的是他们呀，”黛西说道，“谢谢，不要茶了。”

他们一起走过黑修士桥，桥上马车的嘈杂声盖过了汽车。“你真是让我生气。”凯利坚持说道，“我不过是想问，你是怎么看我的。”

“我想要先问你一件事。我在你办公室的时候，直截了当地问你问题，为什么你就不能直截了当地回答呢？”

“这是我养成的习惯，”凯利说道，“我觉得让你看清自己的位置，是对你好。”

“嗯，我想的只是：我觉得那个人可怜，如果他现在就是这样，再过上十年，会变成什么样呢？”

“十年的时间，我来告诉你吧，”凯利没好气地说道，“我就死了。”

“你怎么会这么想呢？你看起来身体很好。”

“如果这些沾亲带故的人还这样争吵不休，我就得上战场，被打死。我是陆军后备军。”黛西睁大眼睛望着他。“你不知道我们国王与德国人沾亲？”

“我不怎么读报纸。”黛西说道。

他扶住黛西的手肘。路过的人可能会认为这两人是朋友。“不要这么用力，”黛西说道，“我很容易瘀斑。”她在一座乌黑的建筑前停下脚步。建筑前面有一排铁栏杆，还有几英尺的铺路石，上面全是鸟粪，再过去就是人行道。“我要进去了。”她说道。

“你不可能是去那儿，那是教堂！”

“我是要去那儿。”

“去干吗呢？”他大声叫道，“如果只是想摆脱我，肯定还有更容易的办法。”

“进教堂有什么不对的？”黛西问道。

“你不能信的，”凯利痛苦地说道，“全是假的，就是为了让你安安静静，他们才好敛你钱财。像你这样的聪明女孩，护士，明白事理。有个上帝高高在上，还把你所有做过的事情记录在案，你怎么能信。还有耶稣大展神通，把面包变成了鱼，你怎么能信。”他摘下帽子，把香烟放在耳朵后面，跟着黛西从正门进去，绿色毡布裹住的大门直角朝里打开。晚祷的蜡烛已经点燃。“他们在这里干的事情，都没半点用，”凯利压低嗓子，沙哑地说道，“他们在这里干的事情，我全都不在乎。”

“你没必要压低嗓子，”黛西说道，“安安静静地说话就行。”

教堂司事从法衣室走出来，打开柱子上的一道门。这些柱子修建于1876年，模仿的是圣明尼亚托教堂[1]的圆形石柱。门后面是壁橱，他取出一把扫帚、一个簸箕和一把刷子，开始打扫教堂中殿。

“我说的就是这样的事情！”凯利生气地大声叫道，接着转过身对着黛西，“你绝对不虔诚。你说谎。”

1 位于意大利的佛罗伦萨。

第十三章

黛西离开伦敦

*

黛西回到医院（她六点钟的班），发现亚历山大病房23号病床的屏风已经撤掉了。当天下午，詹姆斯·埃德出院了。一个中年妇女前来拜访，她说自己叫弗洛尹·哈里斯，见了值班的卫生干事和秘书，签署了必要的文件，带着埃德坐上出租车，走了。

到了第三天，也就是星期五，《黑修士、沃克斯豪尔和坦普尔公报》在当地新闻版面登出大标题“救死扶伤的神秘天使”。下面的文字提及了詹姆斯·埃德，住处未知，目前奄奄一息地躺在黑修士医院，而为《公报》提供这份独家消息的是一位有魅力的女子，虽然她想要掩饰心中的不安，但显然关心这位不幸的病人，同时也让人怀疑她是这家医院的护理人员。文章还说，整个过程，她都戴着严严实实的面纱。

黛西被叫到了护理主任的办公室，《公报》打开放在书桌上，她看到了倒置的标题《救死扶伤的神秘天使》。护理主任转过报纸，黛西以惊人的速度读完了整篇文章。

“桑德斯，说吧。”

“我绝没想到他会这样干！”

“我就不太懂你的意思了。你并不否认自己透露了病人的信息，而你对这位病人负有特别的责任，但问题的关键点不在这里，你把他的信息透露给了一家报纸。现在，你跟我说，你没有想到对方会登出来。”

“最开始我是想到了。后来我又觉得不会。我去了他们的办公室。我没有戴严严实实的面纱。我根本就没有戴面纱。”

“桑德斯，你为什么要去那儿？”

“我觉得如果病人能在报纸上看到关于自己的消息，这会对他有好处。”

“你觉得你是在遵医嘱行事？”

“不是，主任。”

“医生给了你这种特别的指令？”

“没有，主任，他没有。”

“你在医院已接受了近两年的培训，是要让你明白事理，但不是让你自以为是。从所有的培训成绩来看，你都做得非常好。然而，你的培训却以失败告终。怎么会这样？”

医院清楚明白地通知她，下个星期一必须离开。这也算是让步了，大家都知道黛西无家可归。除了凯特·史密斯，第二年的实习护士还有十八位，凯特和她们中的一些人给她买了一份离别礼物。并非所有人，有些人很谨慎。时间不多，没法精挑细选，她们将就买了一个旅行用的胡椒盐组合装，据说是新瓷器，为庆祝乔治五世加冕礼的装饰风格。黛西很感恩。耻辱让人蒙羞，但却多少增加了其他人的安全感。

黛西去交还制服和围裙，得知厨房有人想在她离开之前见她一面。

来者是一个小个子女人，深色皮肤，身上裹着麻布围裙。“你还记得我吧。我是马丁内斯太太。他们不让我做护士。我就在厨房找了份工作。”

“马丁内斯太太，你小孩挺好的？”

“总是问你呢。”这就不太可能了。“我还欠你两先令呢。我并不是因为贫穷才问你要的钱。我问你要钱，是因为人不会忘记欠自己钱的人，我不想让你忘记我。”

“我倒是愿意大家很快忘了我。”黛西说着话，吻了吻马丁内斯太太。马丁内斯太太问她要去哪儿。

“我要去剑桥镇。算不上什么机会，但也想不到有其他的事情可做。塞奇医生有一家私人医院，距离剑桥很近。他不在这边值班，就在那儿干，也就是星期三和星期六。我从住院室拿到了他的地址。我要买一张即日往返票去剑桥镇，看他愿不愿意见我。”

“哦，但他疯得可以，”马丁内斯太太说道，“有天，他把清炖牛肉汁给扔了。”

“亲爱的太太，你回厨房吧。不要让别人看到你来这儿。”

“你最明白。”马丁内斯太太说道。

去剑桥镇，最佳途径是从国王十字火车站出发。黛西是从利物浦街火车站出发的，要便宜些。她还从未离开过伦敦。她和母亲从未去看过哈斯丁的房子，所有的事情都交给律师处理了，她现在快要十九岁了，如果当年是这个年龄，她的做法就会不一样。她参加过学校的两次海边远足。一次，在绍森德[1]，他们待到很晚，坐着挂了装饰灯笼的船下水。海水涌起又退下，那些灯，那些颜色，明亮的黄色和红色，映在荡漾的水中。少年大队[2]在岸上表演。

1 英格兰东南部的居住区与旅游城市，位于泰晤士河口湾的北岸。

2 1883 年创建的男童组织，旨在加强基督徒的刚强果敢精神、自律性和自尊心。

音乐从水面传过来，余音萦绕，仿佛不会散去。

利物浦街火车站被烟灰熏得黢黑，她走进去买车票，心想，如果以前的把戏、以前的游戏再次上演，不要回头望。有人碰了她一下，一只手拿出一枚半克朗硬币放在她的半克朗硬币上。“天哪，不可能又是凯利吧，”她说道，依然没有转身，“这一次，你就搞错了。我要出城。”

“我知道你要出城，”凯利说道，“你去剑桥镇。我给你说过，我在黑修士医院的厨房里认识人，给我通风报信。”

“你并没有说过厨房。”黛西说道。她拿上自己的车票，转身离开，“总有人想多挣一点点钱，与我们其他人也没什么两样。”

“我跟你一起去剑桥。”凯利说道。他拿出竞走的姿势跟在黛西身后，就像是在表演音乐喜剧，“你很了解那个小镇吗?”

“我一点儿也不了解。”黛西说道。

“嗯，那我就留点心，保证你不要受到伤害。”

“你来就是为了这个，是吗?”

利物浦街车站的煤气灯还点着，在带绿色的灯光下，凯利看起来下流而老态。他多大年龄？但他还觉得有必要表现出快乐活泼。

“不，因为害你丢了工作，我觉得悔恨莫及，所以才跟着来的。顺便说一句，那稿子不是我写的，斯维顿写的。”

“真的吗？”

“不是，斯维顿什么都写不了。他写个当票都困难。我写的——有派头，是不是？你的箱子呢？”

“在行李寄存处。如果塞奇医生给我差事，我就让铁路公司给我送过来。凯利，不要挡着我的路，火车五分钟之内就到。”

“女人总是觉得火车五分钟就到。火车是按照时刻表运行的。”

黛西上上下下打量了他一番。

他补充说了一句，那语气绝对不是第一次说这话：“我知道剑桥有一家旅店，距离火车站很近。”

“那种旅店不会盘问，对吧？如果他们要问，就会问我，‘你带个矬子来这里，怎么想的呢？’”

凯利看起来被刺痛了。接着，他恢复了神色，说道：“是你的第一次，是吗？”——黛西说：“我那样就到你们办公室去了，你觉得我看起来很容易搞到手。”——凯利说道：“我当时以为你被人搞定了，没法脱身。医院的护士追求病人，我并不会奇怪。否则做什么护士呢？但我又想，为了这个詹姆斯·埃德，你不惜赌上你的工作，你肯定不是一般地喜欢男人。”——“我并没有想过要失去工作，”黛西说道，“我喜欢护理工作。”——“但你需要男人，”凯利说道，“我的意思是某种男人。所以，亲爱的小姐，我就来了，我就是那种男人。黛西·桑德斯，我会照顾你的。我不会娶你，这不是我的风格，且不论我已经结婚了，但我会照顾你的，我会献出我的小鸟。”——“你的意思是，在不盘问的旅店，你支付一晚的住宿费。”黛西的眼中噙满了泪水。

“两个晚上，黛西，三个晚上。你要习惯这事。你还能做什么呢？我看不出还有谁想要你。但是，黛西·桑德斯，我想要你。没什么大不了的。你只需要喝上一两杯威士忌。”

“我不喝酒。”黛西说道。

“真的吗？”

“不是，”黛西回答道，“但我从来不喝威士忌。”

黛西觉得他们两个人都可怜。

“那你就来吧，”她说道，“我也不指望你更了解剑桥镇，但我知道我没法阻拦你。”

他伸出胳膊，搂住黛西的腰，用指头拨弄黛西。黛西想，我们真是一对。他配不上什么更好的，我也是。

第三部

第十四章

黛西的行踪并不神秘

*

弗雷德把这两张信笺纸与其他一摞只有开头的信放在一起，全都是写给亲爱的桑德斯小姐的。他没法扔掉这些东西，因为他坚信如果毁掉了之前的努力，也就彻底毁掉了写完一封信的可能性。这样的执念比迷信还要强烈，与他理性的自我格格不入。然而，这些信的内容早就定了。第一封信，他可以写完；其他任何一封，他任何时候都可以写完。他近距离见到黛西，就算半个小时吧，但当时也许还看得不太清楚；他认为自己与黛西讲了九句话，得到了八个回答，这些回答他依然可以逐字复述出来。就这样，他知道自己非要黛西不可。从这个角度一想，也就无须多言。

此事必须尽快与弗劳尔迪教授谈一谈。弗雷德出了事故，教授还没表达过慰问，也没有做过任何评价，因为他还未听闻此事。教授人在维也纳，错过了开学的头几天。

年轻助手摔下车一事，他一无所知。然而，他感到苦闷。弗雷德知道，这是因为教授发现有害无益的质量概念正在日渐侵蚀物理学。质量守恒和物质恒定似乎已经成了定律。但弗劳尔迪教授并不相信质量不可摧毁，也不相信物质不可摧毁，而且他要问了，质量在哪里呢？不经意间，一种粗制滥造的物质观介入（或是被引入）了科学，随时都令人疲于应对，无法自圆其说，总是不得不分解为更为微小的粒子。教授再一次对弗雷德强调说，以不可观察的物质为计算基础，比如说上帝，比如说灵魂，比如说原子，比如说基本粒子，都无异于自我安慰。“人类需要安慰，我并不否认这一点。但科学家不能如此沉溺其中。”

与此同时，弗劳尔迪教授也感到自责，因为他的助手还没有开始属于他本人的研究项目，甚至连项目的影子都还没有。弗雷德本想告诉教授，他想要从圣安杰利卡斯学院辞职，但此刻，无论是从物质层面，还是精神层面而言，都不是好时机。

没有黛西，我没法生活，弗雷德心想。这世上没有上帝，没有精神权威，没有命中注定，没有因果缘由——万事万物本无意义；如果有，就应该有缘分，就应该在已知的过去和未知的将来表现出来，就应该把黛西给我。

一周之后（这一周中，他在反对者社团进行了辩论演讲），门房告诉弗雷德，有一位瑞博恩先生来访，想要见他。弗雷德看到瑞博恩身着学者的便装——花呢灯笼裤和假领，但情绪不安，有点发抖。他为马修斯博士工作，给启示福音书的补充手稿、也有可能是伪造手稿的注释附加注释，当然了，这份工作肯定是劳心又劳力。

“费尔利，这事情有些微妙。”

瑞博恩似乎既不想进去谈，也不想出去谈，反正现在庭院里也没有别人，他们两个人就开始围着胡桃树绕圈。

“嗯，也许‘微妙’这个词也不准确，”瑞博恩说道，“我还真不能判断这事是否微妙。”

他不作声了，于是，弗雷德说道：“是与马修斯博士有关吗？”

这句话仿佛就是给自动售货机投入了硬币，瑞博恩呼哧呼哧，咔咔咔地倒出了一段话：“这与马修斯博士毫无关系，即便我要吐露与博士相关的事情，也绝不会找一个比我年轻很多的人，更何况他只是点头之交，而且对古文字学所知无几，或是一无所知。但因我工作的细致性，必须长时间高度集中注意力，也许我的确是比大多数人更容易受到惊吓，更容易感到不安。费尔利，我所说的并非是你十天前的事故。但是，我得承认，当时真是让我受到不少惊吓。”

“什么呢?”弗雷德问道,“发生了什么呢?”

“大概是晚上九点十五分或二十分的样子,我也不是说这个时间晚得不可思议。在我的记忆中,她是唯一坐洗衣房马车来我家的人。她似乎是在车站请求搭车。但是,在这之前,完全没有她会回来的迹象。”

“桑德斯小姐回来了?”弗雷德问道。他的心一松又一紧,仿佛感到的是恐惧。

“是的,我应该说得很清楚了。”

“你这个傻瓜,你根本没说清楚。为什么不开门见山地告诉我呢?”

“费尔利,你失去理智了吗?”

弗雷德镇定下来。“我刚才高声喧哗了?”

“是的,声音很大。”

“也许你可以告诉我桑德斯小姐说了些什么。”

“费尔利,你这是威胁的语气。”

“也许你可以告诉我她说了什么,她来干什么。既然你不辞辛劳,特地前来学院找我,她肯定是问起我了。”

“不,她根本没有问起你。威妮西亚认为不该向你提及此事。但我有自己的判断。我不想让她肩负更多的家务事。自从我们搬离剑桥,家务人员方面就一直麻烦不断,但在我看来，我们是再和气不过的雇主了。我只要求——”

“黛西现在住在你家里？她是住在格斯汀林路吗？看在上帝的份上，瑞博恩，如果你没法告诉我其他的事情，至少告诉我这一点。”

瑞博恩冷漠地说，他认为妻子给桑德斯小姐提供了食宿，让她住在了阁楼的房间。“你总不能指望我关心这些事情。”

“我不指望。你来找我，因为你不想你的妻子为她操劳负责。你当然不想。你妻子当然也不必。但是，看在上帝的份上，有点头脑吧，不要让黛西溜掉。不要让她再回伦敦。锁上房门。平静严肃地跟她谈一谈。给她当头一棒，给她喝一杯安眠水。”

“费尔利，你心神错乱。根据你之前的描述，我以为你与这个年轻女子毫无瓜葛。”

眼看着，他们就没法单独在这棵大胡桃树旁继续散步了。学院的司库与院长肩并肩地从隔壁房间走了出来。院长扶着司库的胳膊，动作灵敏，俯身而下，先后以手掌和手背接触草地。

“星期三会下雨，”他说道，“是谁想知道的呢？”

院长慢慢起身站直，自始至终，庄重优雅。弗雷德送瑞博恩出门，接着骑上自行车朝西北方向出发，追上了他。“你难道看不出来，我与她毫无瓜葛，”他大声说道，“这就是问题所在？”

事实上，黛西的行踪毫无神秘之处。神秘是一种奢侈，她根本负担不起。她再次回到剑桥，那是因为除了塞奇医生，她实在是想不到还会有谁雇用她。确切地说，她认识的人中，只有塞奇医生有私人医院。她找到瑞博恩这家人，那是因为她没有其他地方可去。两次出现之间，她到哪儿去了呢？她只字不提。从伦敦坐车过来，再付了一先令给驾驶洗衣马车的人，她的钱花光了，但她并不打算白白索取。

瑞博恩太太带她走到阁楼，她立刻就看出来了，这应该是仆人们的房间，但无人居住。她入住曾与弗雷德·费尔利同床的房间。她脱了衣服，挂起裙子，在楼梯平台的冷水龙头下洗漱。盆子周围是灰绿色的瓷砖，描绘的是《佩利亚斯与梅丽桑德》[1]的故事。站在阁楼上，如果从窗户探出身体，就能看到农场亮灯的窗户，那辆马车就是从这家农场出来的，路上有几盏灯在移动，有时可以看到汽

1 五幕歌剧，梅特林克编剧，德彪西谱曲。

车明亮的乙炔前灯。

早上，她来到楼下，看到瑞博恩太太心烦意乱。“黛西，可以这样叫你吗？我必须告诉你，最近我已经决定了生活要更简单的原则。水果，蔬菜，少量的茶或咖啡，因为科学已经证明这些东西对身体有害。至于主菜，这是我从国王大道上新开的尤斯塔斯·迈尔斯大百货商店买来的罐头。你可以读一读标签，都印在上面了，值得一读，特别是，你看呀，这个罐头含有健康‘复合离子’，可以与多种物质结合在一起，不用烹饪，就能形成有营养的食品。”

“我看着，觉得像是玉米淀粉。”黛西说道。

“我觉得人是可以习惯吃这个的。”瑞博恩太太拿出一种决然的语气，“我相信精神的力量比肉体强大。是的，我对此深信不疑。人什么都可以习惯。甚至男人也不例外。”

“瑞博恩太太，恕我直言，”黛西说道，“但我认为你丈夫不会习惯吃这样的东西，如果是生吃，那就更不行。你这房子很大，有很多事情要做，但似乎没有帮手。”

“啊，那些空荡荡的卧室！”瑞博恩太太说道，“本应该有一张张微笑的面孔，一双双强壮而勤劳的手。”

“瑞博恩太太，我想你这里是有点太远了。你应该是找不到女孩子住在这里帮忙。来帮工的话，到了晚上，除了那座农场，再也没有别的地方可去。”

“是的，她们都待不长，”瑞博恩太太说道，“不太长。”她接着往下说，好像是顺理成章一般：“我在纽纳姆学习了四年的时间。我是辩论社团的组织秘书。我还是女子社会和政治会的司库和组织秘书。”

她看着水池。水池装得满满当当，有个丈夫每顿都在家里用餐，这样的场景是必然的。她和大多数朋友一样，祈祷过不要嫁给神职人员，不要嫁给全诊医生，或者是没有研究员职位的大学讲师。与军队或是法律界不一样，所有这些职业意味着在家里用午餐，除了杯子、盘子和碟子，每天还要用面包烤架、蛋杯、茶杯套、热水罐、热牛奶过滤器、茶水过滤器、咖啡过滤器、骨质手柄的鸡蛋勺、方糖钳、芥末罐子（批量生产的，里面是蓝色玻璃，外面是金属）、银质水果刀（众所周知，铁与水果汁接触，会产生毒素）；每个人的餐巾要套上颜色不一样的餐巾环；蔬菜盘子带有洋蓟形状的把手；船形肉汁盘、盘罩、吃鱼很费劲的鱼餐叉（只有粗俗的人才会使用鱼餐刀）；松饼盘子必须灌满热水，这样才能保持松饼合适的温度；汤盘，汤则是从加盖的土陶罐子里倒进汤盘中；雕花玻璃的牛奶冻盘子、用于放餐刀的刀托、用于放叉子的叉托；盖子是奶酪形状的奶酪盘子；另外还有高脚盘、小烤盘、小瓦罐、调味瓶和各种罐子。桌子上铺上干净的桌布，桌布中间有一条与桌子长度相等的折痕，这些东西摆在上面，看起来并不多，至少瑞博恩先生并不觉得东西多，瑞博恩太太不觉得这是无理要求，黛西也不觉得。但此刻，大多数这些东西就躺在水池里，带着无声的指责，等待着被清洗，被擦干。

黛西和瑞博恩太太立刻就懂得了彼此的心意，仅仅几分钟后，她们就坦然承认。黛西留了下来。阁楼的那个房间就是她的了。空闲时间，她做家务。

第十五章
在乡下散步

*

瑞博恩后悔自己在事故当晚热情好客。如今，他觉得自己犯下了第二个严重的错误，他不该告知费尔利这个来历不明的年轻女子回来了。庆幸的是，他家里没有电话，但费尔利会来玩，甚至会再次出现在阁楼，严重干扰他的生活。然而，弗雷德只是给桑德斯小姐寄来一封短信，请她不上班的时候出来一起走走。诚然，他的确是第一时间就写信了。

“我认为，如果她出身阶层不同，你就该建议有年长女性陪同前往。”他对妻子说道，“我的意思是，我觉得费尔利不会允许自己的姐妹——”

“哦，亲爱的，我不知道他是否有姐妹，”瑞博恩太太说道，“而且黛西·桑德斯不归我管。我甚至没有雇用她，严格意义而言，没有雇用。我觉得我会喜欢她，但她不归我管。”

“那归谁管呢?”瑞博恩太太只知道塞奇医生让黛西在他的精神病院上班，工作时间是八点半到六点半。

弗雷德问黛西，说虽然只是一面之交，是否可以叫她黛西，她是否愿意出来走走，在乡下走走。她说，就这样办。(弗雷德问）可不可以搭乘火车到惠特尔斯福德，然后从那儿出发，走到大奇什山的磨房，也许太远了点，不应该去。黛西说，她很有兴致。

黛西穿上厚靴子，戴上从瑞博恩家阁楼箱子里找到的平顶高尔夫帽子，一副哪儿都能去的样子。她还把裙子的裙边往上卷了一英寸。从火车站出来的时候，因为兴奋，她的脸色比平时红润了很多。“这地方怎么样?”她问道。

“我不知道。之前倒是来过，但从未想过。”他急切地望着黛西，“我应该想想的，是吗?知道吧，我们得朝东南方向走，走出村庄。”

“看!”她说道，“那有栋房子待售。”

“那怎么了，黛西?”

“我们去看看吧，”黛西说道，“我们有大把的时间呢。看看空房子，很好玩的。”

弗雷德就想象怎么个好玩儿法。

“就像是买东西，”她解释说，“什么都不必买，只是到处翻看。”

“如果要看，可能得返回剑桥镇拿钥匙。”弗雷德说道。但房子窗户上贴着一张卡片，上面写着：请到五金商店咨询。就在街上不远的地方。五金店的老板一开始说，他抽不出人手带他们去看房子，后来拗不过，把钥匙托付给了黛西。

“一会儿就回来，”她说道，“我们还要到乡下散步呢。”

房子凡是空置了一段时间，都一样，这栋房子也是，似乎到处都是碎纸片。传单、礼拜通知、教区义卖通知、通告、拍卖广告、马铃薯晚疫病警告通知单，各种单子没完没了地往邮箱里塞，塞满了还塞，大风一吹，到处都是。石板地上还有账单和信件的小碎片，上面有黑色、蓝色和紫色的字迹。“……看不到我的出路”“没有不失败的”……“取决于上帝的怜悯”。“如果不是要去别处，我可以在这里读上一整天。”她说道，“我没有多少信件可读，也许这就是原因吧。”

“剑桥的人很喜欢写短信，”弗雷德说道，“有时我希望他们没这习惯才好。我自己有很多信件。希望它们最终不会落到这样的结局，一封封地撕碎了，扔在空房子的地板上。”

黛西在翻看抽屉。一个盘子，没有餐刀，一把叉子，一把勺子。“我觉得是一个独居的男人，真是有点可怜。”

“也可能是一个女子。”弗雷德提出另一种可能。

“不可能，绝没有女人会这样生活。这个女人要么就是死在男人之前，要么就是离开了他。”

“无论是怎么回事，我本还以为他们会把这地方打扫得干干净净。”弗雷德说道。

“谁见过打扫得干干净净的房子？”黛西说道，“总有东西会留下来。”

厨房的石头水池很深，有些地方长着密密的青苔，而那个水龙头又老又旧，可能数个月都没有滴过水了。

黛西很快地查看了橱柜：什么都没有，只有几张纸片，还有一对扫烟囱的刷子。有一块地板松动了。弗雷德心想，很有可能所有的地板托架都朽烂了。“我觉得下面有东西。”黛西说道，“要藏东西，除了放地板下面，还能放哪儿呢？这些老男人都一样。很有可能藏着钱呢。”

但是，黛西不肯让弗雷德把地板抬起来，觉得这样做晦气。走上楼梯，就看见一个壁橱，这是一个光线很暗的顶楼房间，没有家具。没有洗脸盆，他肯定是在水池洗漱，或者是在水泵旁洗，用的是院子里的旱厕。如今旱厕已经封起来了，慢慢回归泥土本色。黛西容光焕发。她把所有的东西看了一个遍，甚至知道了前主人的名字，从两个撕碎的信封上辨认出来的。

他们一起沿着街道往回走。弗雷德指出，如果他真是在找房子的话，就会很不一样。黛西告诉他，那就一点儿也不好玩了。他会发愁钱的事情，发愁下水道、房间大小，根本就行不通。弗雷德叹了一口气。这难道就是男人和女人之间的区别之一，女人喜欢靠想象生活？黛西说，大多数女人，能够拿得出来的也只有想象了。

“我觉得五金店老板根本就没信，”他们翻过田埂的栏杆，黛西说道，“他知道我们没有买房的打算。他知道事情本来的面目。”

“黛西，本来的面目是什么呢？”

“嗯，这不过是我们第二次见面。我们彼此几乎不了解，对彼此而言，我们什么都不是。”

弗雷德大为惊骇。“对我而言，你是什么，你不知道吗？”他问道。

黛西想了想。“弗雷德，我觉得我是知道的。实话告诉你吧，即便六岁的小孩也看得出来。”

“但这就是我想要的。我想要六岁的小孩看得出来。我想要五金店的老板看得出来。”

“弗雷德，你有家人，是不是?”

弗雷德解释说，他父亲是布罗的教区长，还解释了什么是教区长，与教区牧师有何不同。家里有母亲和两个妹妹，他说想要家里所有人都看得出自己恋爱了。

“弗雷德，老实说，你之前带女孩出来过吗?”

他似乎觉得这很难回答，但也就是几秒钟的工夫：“我从未带过想要娶的女孩出来。”

“但她也许并不知道这一点。”黛西说道。

“黛西，这些问题有什么关系呢?即便它们存在，又有什么关系呢?它们现在不存在，过去也不存在。它们是无法观察到的东西。”

与大多数人相比，黛西并不怎么纠缠时间的问题。除非是万不得已的情况，否则她都不会去想过去，也不会去想未来。此时此刻，她在乡下散步，她就只想做散步的事情。她做好了准备，特别想要感慨漫天的鸟儿和遍地的花朵。他们遇到的第一片草地淹没在水下，水深一英寸，水下的草地就像是躺在银色的玻璃下，微波荡漾，压平的长草也随之荡漾。小溪的水涨得太高，他们没法从小桥经过，不得不从草地高处的边上绕过。到了高处，田野中散步的不方便就显现出来。小径是农场马车碾压出来的，中间高而窄，两边宽却泥泞，两者必须选其一。在弗雷德看来，黛西理应走干燥的高处，但黛西走在上面，几乎就和他一样高。黛西从上面跳下来，他们就几乎没法并肩走。要并肩走，只能挽着胳膊。

鸟儿呢？野花呢？既然黛西提到了这些东西，弗雷德就觉得很焦虑，怎么都该想办法拿出点这两样东西来呀。眼前空荡荡的一片，灰扑扑的绿色，树篱都没有，只看得见远处刚刚放出来的几头牛。春小麦[1]还没露出头。这里完全不同于布罗周边的乡村，这里要贫瘠得多，没什么人看，没有那么美，也没有那么险恶。在这里，天空平静地延伸到天际，几乎就没有地标建筑，一座教堂看上去只是一英里之遥，实际却是在四五英里之外。最近五年来，弗雷德对这片阳光下的田野已经司空见惯。他第一次朝这个方向徒步，同行的人是弗劳尔迪教授和国王学院一位讲授道德哲学的讲师。他们当时就走在这条路上，那位讲师说，弗劳尔迪，物质和精神是同一现实的不同方面，我终于对此深信不疑了。荒唐！教授转头大声说道。这片田地不是任何东西的一方面。它是一片田地。我的头脑不是任何东西的一方面，它就是头脑，与这片田地的唯一不同之处在于它可以指导自己的行为。

---

1 春小麦是冬季很冷的地方种的，因为冬季太冷，不能播种，所以在开春后才种，称为春小麦。

“那些是什么鸟？”黛西问道，“弗雷德，是鹌鹑吗？”

“应该不是吧，我觉得像是田鸫。”

“可惜了，”黛西说道，“我倒是想要看到鹌鹑。”

关于花儿，弗雷德知道的就更少了，家里的花儿都是妹妹们照顾的。他本希望能看到报春花，却一朵也没见着。黛西却在小路一边的草丛中发现了一些不起眼的小花朵，白绿白绿的颜色，每一朵都不太一样，弗雷德觉得肯定是柳叶蒲公英或是繁缕。

“但这一朵不一样，”黛西说道，“是喉草。但如果想用它配药，就得小心了。可能会加重病情。”

她摘下手套，小心翼翼地用有力的指头扶着这棵可怜的小草。

“看，五个花瓣。你可以数清楚的。”

“都是五个花瓣，”弗雷德说道，“我可能永远搞不清楚其中的区别。”他带着敬意看着那棵草：“真的是叫喉草吗？”

“不是的，当然不是的，”黛西说道，“我不知道这是什么。这些是什么，我一个都不知道。我只是这样说说，聊天而已。”

黛西看得出来，弗雷德苦恼起来。“你永远都要对我说实话。如果不能信赖你，我就迷茫了。”他说道。

他们继续往前走。

“在黑修士医院，他们还真是信赖过我。我是个好护士。这不仅仅是虚荣心。护理主任说过，我就是她想要的那种护士，特别是术后护理。她如果这样说，就是这个意思，绝对的。”

“那你为什么离开伦敦？厌倦了？”

“我永远也不会厌倦的，”她说道，“但你要知道，医院有规矩，绝对不能讨论病人的病情，出了医院就不能说，就这么回事。”

“你说了？”

“是的，我说了。”

“黛西，为什么要说呢？”

“我觉得可以帮助他得到想要的东西。我真的觉得可以救他一命。”

“救了一命？”

“没有。”

“他死了？”

“没有，但他并不需要别人救命。”

过了一小会儿，他们到了一座用燧石和鹅卵石修建的教堂，坐在墓地里休息，虽然他们都不太需要休息。一百码之外就有一台泵机，但几个男人、女人和孩子的墓碑还是淹没在泛滥的河水中。太阳终于晒得暖洋洋的了，黛西摘下高尔夫帽子，帽子上插着那株带着白色小花的小草。帽子一股樟脑气味。

“太阳一晒，这气味更大了。我在楼上衣服箱子里找到的，瑞博恩太太说我可以借来戴戴。”

“我无法想象瑞博恩太太打高尔夫球的样子，”弗雷德说道，“当然没理由说她不可以打，但我就是想象不出那个画面。”

“她跟我说，这是她兄弟的东西。她兄弟去仰光了，她就留下了这顶帽子。”

“我的妹妹们爱我，”弗雷德对她说，“或者小妹妹是爱我的。但如果我去了仰光，我的东西一旦没必要留着，她俩一天都不会多留。”

“也许她是希望再次做个孩子，”黛西提出了另一种可能，“她可能觉得人生做错了选择。”

“不要再戴这顶帽子了。”弗雷德说道。

他们绝对走不到大奇什山，但他们都同意，之前就没指望过去。黛西说自己口渴了。没有路标，再加上田地视野宽阔，具有欺骗性，弗雷德觉得赌上了自己全部的声誉，他说，前方高出几英尺的地方，有两排杨柳，那是一条岔道，岔道旁有一家小酒馆，叫芬妮客栈。他们继续往前走，看到了一条路，看到了芬妮客栈。看起来，客栈不像是人修建起来的，倒像是从沼泽地里捞出来的，但不可辩驳的是，这的确是一家小酒馆。

“你从前来过?”黛西问道。

“没有，只是路过，如果你不喜欢，我们立刻就出来。”

“那我们又去哪儿呢?”

“我不知道，但如果你不喜欢，我们立刻就出来。”

他显然是真情实意，这一刻，黛西意识到，弗雷德毫无保留地把最好的自己给了她。一个人能够给予另一个人最好的东西，不过如此。

他们走了进去。这家酒馆不招人待见，只有一个透光的窗户，高高在上，雾气缥缈。梭子鱼和鳗鱼也许曾从窗户口穿过，整个房间可能都曾淹没在沼泽之下。

“从没见过比这儿还好的地方。”黛西说道。

“你确定?”

“不确定，但刚才我真是担心我们立刻就会走出去。”

“我不知道你为什么一直都在笑我，”弗雷德说道，“我是真心实意的。”

黛西坐下来，一点点地伸展身体，心情舒畅地靠在硬硬的高背长椅上。她想要喝什么？半品脱的牛奶黑啤酒，但芬妮酒馆不卖这东西，那就半品脱剑桥麦芽酒。

“非常不错。”她说道。

“但不是你想要的。”

黛西一边啜饮，一边说话。“你知道吧，护士在医院要喝点烈酒，至少那些年长的护士要喝点。从病房下来，腰酸背痛，真不能怪她们喝酒。痛得就像是锯子在割。备好一块糖，再把杜松子酒装在手术酒精瓶子里。杜松子酒真的就是手术酒精。”

“黛西，你愿意嫁给我吗?”

她低头看着酒杯。

“弗雷德，我知道，不是真心的话，你不会说。”

“你会考虑吗?”

黛西愿意付出整个世界的代价，把她内心最深处的真实感受告诉弗雷德。她长这么大，总觉得给予比索取容易得多，因而处处让自己陷于不利的境地。不忍看到别人穷困潦倒，钱也好，物品也好，想都不想，她就拿出来给人，但接受东西，她就像一头半驯服的野兽，警惕性很高。

“弗雷德，我不会说我不考虑。”

第十六章

费尔利家人来访

*

瑞博恩先生惶恐。回想起来，他觉得事情仿佛就发生在自己屋檐之下，他要为之负责。他的妻子说，他这样烦恼真是庸人自扰；就他的屋檐而言，弗雷德除了第一次，其余时候只到了大厅里。他带黛西出去，带她回来。“你自己说的呀，赫伯特。”后来弗雷德邀请赫伯特到圣安杰利卡斯学院用餐，听了些古怪的音乐，喝了些很好的马德拉白葡萄酒。责任在哪里呢？瑞博恩先生说不出来，但说他认为弗雷德来自非常体面的家庭。

也许，与黛西谈一谈，就能解决所有的问题。但是，他还从来没有与黛西长谈过。怎么开始呢？威妮西亚告诉他，黛西从精神病院回来是七点以后。一回来，黛西就直接去厨房。他也知道，厨房是他竭尽全力不要踏足的地方。可是没法子，只好勉强为之。黛西在分拣要洗的衣服，他站在一旁，自己的衬衣和内衣时不时在眼前掠过。

“桑德斯小姐，你有没有碰巧听过威尔第的歌剧《茶花女》。”

“我知道其中的一首歌，”黛西说道，“在《音乐宝石》的合集里。”

“《茶花女》的男主人公是一个单纯体面的年轻人，出身很好，他迷上了维奥莱塔，这个女子名声轻佻。请不要认为我是在强调这种对比关系。然而，男主人公的父亲到了巴黎，哀求男主人公和他一起回老普罗旺斯，事实上，这个年轻人就是打那儿来的。”

“为什么是‘老’普罗旺斯？”黛西问道。

“儿子一开始拒绝了。也许你不明白我为什么要给你讲这个。”

“我明白，”黛西说道，“你觉得我太傻了，如果你直接说，我就没法明白。”

“你知道吧，这位父亲很是悲痛，因为父亲担心如果儿子不离开这位茶花女，他的人生和事业真的就会毁于一旦。他给维奥莱塔解释了整个情况。”

黛西本来想最后说上一句，让瑞博恩先生闭嘴，但她偏偏喜欢听好故事：“嗯，接下来发生了什么？”

瑞博恩手足无措。“从你想知道的角度而言，什么都没有发生。问题自行解决了。维奥莱塔死于痨病。”

“我们现在不再用那个词了。”黛西说道，“但是，不管怎样，她总有话要说呀，说了什么呢？”

“她说，我想要活下去。”瑞博恩先生搜索记忆，“老父亲后悔自己的严苛，但关键不在这里。”

“你想要告诉我，我配不上弗雷德，”黛西平静地说道，“但我非常健康，我也从未听闻我家里有人得过那种病。”

“你误解我的意思了。我的意思是，如果费尔利娶了你，或者其他的年轻女子，他就必须放弃学院初级研究员的位置。他自己肯定是非常清楚的，这就是他接受这一职位的条件。圣安杰利卡斯学院没有已婚的研究员。而且，他们学院不允许女性进入。简言之，院长和研究员都是独身主义者。”

“我以前教堂的哈格特神父和助理牧师也是这样。”黛西说道，“但在神父住宅，整天都有女人，晚上一半的时间，也有女人，请他帮这个忙，帮那个忙。”

“桑德斯小姐，听了我说的话，希望你不要失望。从某种意义而言，我有责任给你说这番话。”

“从哪种意义而言呢？”黛西问道，“如果弗雷德想要告诉我，他自己会给我说的。”

“他很有可能不想说。这就是我的意思。”

弗雷德带她去看剑桥大学社团演出的《科克斯和博克斯》[1]，另一个晚上又去看马洛[2]社团第二次推出的《浮士德博士》[3]，其中饰演梅菲斯特的是鲁伯特·布鲁克[4]。黛西并不太喜欢《浮士德博士的悲剧》，但她自得其乐、乐在其中的能力惊人。她随时与人共鸣的能力也是惊人，无论是对角色或是扮演角色的业余演员，她都能感同身受。她看戏的时候比弗雷德多很多，但一般都是在店堂里，喜剧演员喝得半醉，如果忘词了，喝得半醉的观众就顺口给接上。但黛西并不知道《浮士德博士》的台词。

瑞博恩先生告诉她的话，黛西直接问了弗雷德，但没有提及《茶花女》那部分。弗雷德对她说，是真的。等他们结了婚，他就不能继续现在的职业。另一方面，如果黛西不肯嫁给他，他也完全没法继续下去。

突然，费尔利的全家都到了剑桥。海斯特给卡文迪许实验室打电话。“听着，海斯特，我不应该——”

“我知道，但你们院的人装作不知道你在哪儿。”

---

1 英国作曲家亚瑟·沙利文于 1867 年创作的作品。

2 克里斯托弗·马洛（Christopher Marlowe，1664—1593），英国剧作家和诗人。

3 马洛于 1588 年创作了剧本《浮士德博士的悲剧》。

4 鲁伯特·布鲁克（Rupert Brooke，1887—1915），英国抒情诗人，剑桥国王学院的学生，英年早逝。

他们没有住酒店，那太贵了。女人们住在便宜的圣公会女子招待所。海斯特说，里面也住了福音教派的教徒。

“你们怎么安顿父亲的呢？”

“他舒舒服服地待在三一学堂[1]。他要去参加什么晚宴。这就是我们到这儿的原因。二十五年一次的场合。”

“我们告诉他，我们一点也不妒忌，”朱莉娅高声说道，“我们说，你知道的，还年轻的时候，上帝让你找到了一些尊严。”

“母亲在旁边吗？”

“弗雷迪，我亲爱的孩子。”他母亲说道，“我要去伦敦。这当然不顺路，但我们想要来看你一眼。如果能够得到许可，我要去伦敦探监，而且我还得说，有些调解法案的文书工作要做。我们在为每年支付房租超过十英镑的女性争取投票权，前提是已婚妇女不与她们的丈夫在同一选区投票。这只是为了让阿斯奎斯先生无话可说。但请不要认为你的母亲要做什么了不起的事情。”

“妹妹们和你一起去吗？”

“不，海斯特可能会派上一些用场，但朱莉娅就不行了，你知道，她也不会避讳这一点。海斯特提出，我不

1 创建于1350年，与创建于1546年的三一学院，是不同的两个学院。

在，她就回布罗照顾另外两个。”

“母亲，你到底对我的妹妹们做了什么？她们的性格变了。”

“弗雷迪，你不必烦恼这些事。”

“父亲知道这些事情吗？”

朱莉娅接过电话：“我们想等明天晚宴结束的时候再告诉他。到时候，他会消化不良，而且喋喋不休地争论基督教社会主义，肯定与所有的朋友都吵翻了。届时，他就盼望跟着两个理解他的女儿回布罗。”

“朱莉娅，这通电话，谁付费呢？”

“招待所的注意事项上都写着呢。招待所每年支付七英镑，半英里之内的捐款者可以无限制打电话，每超过一英里，每年就再支付一英镑五先令。所以，付费的事情就留给你了，你觉得多少合适，就放在募款箱里。弗雷迪，他们是奸商。”

“我尽快就过去。”

圣公会招待所规定，九点之后，所有的客人都不能出门。弗雷德在招待所告诉她们，自己恋爱了。他轻轻说出来，却引起了喧哗。甚至费尔利太太都提高了嗓门。管理员提醒他们，要守规矩，六点到七点是休息时间，而且无论什么时候，所有的客人都要避免有争议和不得体的话题。

“她是谁？我们认识她吗？她是谁的姐妹吗？你在哪儿遇到她的？我们什么时候可以见她？”

“她没多少空闲时间。”虽然还没有到划船游玩的时间，但弗雷德安排好了，第二天就带她们所有人去坐方头平底船。

这一天，太阳淡淡的。他们在切斯特顿船库碰头，划船行驶在浅而平静的剑河上。没错，在这样的河上划船，最轻松不过。费尔利太太与海斯特坐在一起，朱莉娅和黛西坐在一起。弗雷德看得到母亲的脸和黛西的后脑勺。他大胆地对自己说，他爱她们所有人。让她们找到自己的方式去爱彼此吧。

“桑德斯小姐，我们很高兴有机会见到你，”他们坐到了船上，费尔利太太说道，“我们对你知之甚少。”

海斯特冲着母亲皱了皱眉头，说剑桥好像比她们住的地方冷很多。

弗雷德缓慢地划着船，逆流而上。弗雷德告诉了家人，黛西是护士，从伦敦来的，这也就是他知道的全部。费尔利太太又试了一次。

“桑德斯小姐，在伦敦你经常坐船吗？”

“是的，我非常喜欢水，”黛西说道，“坐格雷夫森德渡轮，非常好玩。”她补充说道：“请叫我黛西吧。”

费尔利太太说：“我觉得我儿子没有提过你的年龄。”

“我马上就要二十了。”

“你现在是医院护士？”

“母亲啊，不要再问黛西这些问题了，”海斯特说道，“你好像是虚位待定，在面试她一样。”

“我想，从某种意义而言，就是呢。”朱莉娅说道。

“朱莉娅，你这样说，太荒唐。”费尔利太太严厉地说道，“我希望桑德斯小姐与我一样，只是在享受新鲜空气呢。”

弗雷德想好了，不干预。他轻轻划动船桨，沿着春天明媚的剑河而上，他觉得轻盈无比，甚至是无忧无虑。现在，他们来到了大学后院，长时间的习惯使然，弗雷德开始招呼大家注意周围，他开始描述，开始指点，雷恩图书馆附近，那棵悬于水面之上的柳树，当然要再等些时候，才更好看（费尔利太太点点头，她在自家花园也会这样点头）。那是圣约翰学院，叹息桥，卡莱尔学院，国王桥，后面是国王学院，那个红砖的是王后学院，就坐落在水边，与倒影相接。这条延伸的河，这些建筑，之前他母亲和妹妹们来访的时候见过多少次呢？但黛西从未见过，教区长的家人多次在教区出行，经验丰富，知道如何与客人一道，仿佛是第一次那样共享景致。

弗雷德回实验室，黛西去做事，她们回到招待所喝茶，费尔利太太重提朱莉娅说过的话：“朱莉娅，正如你说的那样。虚位待定！弗雷德肯定是没有想过要离开圣安杰利卡斯学院，一秒钟都没有。至于那个女孩本人——”

“嗯，那个女孩本人怎么了？”海斯特问道。

“你知道，我对所有人都是一视同仁，但你能想象她在教区的样子吗？”

“我没必要想象她在教区的样子，”海斯特说道，“我可以想象她兜售《妇女选举权》的样子。”

朱莉娅告诉母亲，黛西看起来像那部歌剧里父亲的样子。

“朱莉娅，哪部歌剧？”

朱莉娅记不住名字，也就没有了对照，但她觉得黛西长得光彩夺目。没人询问费尔利先生这些方面的意见。那天晚上，弗雷德邀请父亲去学院食堂用晚餐，父亲坐在弗劳尔迪教授旁边。教授面带悲哀的微笑，告诉弗雷德的父亲，他对物质宇宙的未来已经不抱什么大希望。另外，他高度赞扬了弗雷德。

第四部

第十七章

马修斯博士的鬼故事

*

自从反对者社团聚会之后，马修斯博士一直都在思忖弗雷德遭遇的事故，想来想去，他脑子里的版本已经比真实情况神秘了很多。瑞博恩几乎就是什么都没有说，虽然瑞博恩工作勤勉，但他就是个傻瓜。马修斯博士做了一系列的笔记——造成事故的马车夫失踪了——不难想象，眼看自己酿成的惨祸，他跑路了。没有顺路而逃，却逃往了空旷的地区。什么样的地区呢？——空旷，没有树篱的乡下，溪流边是一排排的杨柳，就像是在我们内陆的低位沼泽。藏身何处？——很难说。顺理成章地想，马车夫或许想要回家，或者会去找可靠的朋友，因为回家太不安全，警察一旦要找人，首先就到家里找。农场主说，马车夫是当地人，我们当地的人都没怎么去过别处。他也许藏身谷仓，也许躲在马铃薯田地的藤蔓中，但到了最后，他还是得回到路上，还是得步行。但是，没人在路上看到过他。

那要做什么呢？一个男人，有人曾在路上看到过他，他千真万确地驾驶了马车，实质性地给两辆自行车造成了破坏，给一个女人和一个男人造成了伤害——但此处我不得不暂停一下。不是还有第三个骑自行车的人吗？他不是也失踪了吗？我们的科学家和理性主义者——他们也许不总是同一类人——不是告诉过我们，如果我们不能信任自己的感官，我们就再无可信任的东西了？在人离世之际，罗马天主教神父就会在逝者的五大感官上涂油行礼，以此表示它们已经为我们尽心尽力（但我想，也许我们可以问一问自己是否为它们尽心尽力了，最近我遇到一个从未吸过烟斗的科学家）。

再回到马车夫身上。我们应该可以听到他的声音，看到他的人，握到他的手，如果这个马车夫是个诚实肯干的临时工，我敢说，我们还可以闻到他的汗味。然而，在路上，没人看到他的身影；在路两边，没人看到他的身影；数英里的范围之内，无处觅见他的身影。

我还是认为，通往真相的最佳途径也许是给你讲个故事。知道吧，我们要采用类比这种方法，现在神学家并不如以前待见这种方法，但有人告诉我，这种方法更受科学家青睐。也就是说，我要把现在与过去做个比较，借此给我们棘手的问题带来一点曙光。我要谈的是我本人四十二年前的经历，但我真不太喜欢谈及这段经历，甚至不想留在脑海里。你听一听，自己来判断一下，看有什么想法。

那时，我还是个年轻人，凡是有发掘工作，无论是否有新发现的可能，我都要参加。看吧，我很早就笃定自己的喜好，醉心于从古文本中，从泥土中，甚至是从砖瓦石头中挖空心思得来的发现。这可以算得上是一份非常宁静的职业。反正，1869 年的夏天，我们的发掘现场正好是在如今特纳先生农场对面的田野里，只是当时附近并没有房子，也没有特纳先生（当时农场主人是辛顿）。那时也没有现在的马路，只有一条穿过田野的马车道，在通过农场大门的地方，马车道的地势要高些，有点像是一座桥。农场大门处有砖块加固；夏天，暴雨过后，你可以看到棕沙燕从排水孔穿进穿出，但我从未见过那么多数量的雨燕。

砖块很古老，肯定是中世纪的东西。我们发掘队的负责人爱德华·尼斯比特（你们是不知道他的）认为，虽然这样的选址显得不太可能，但在十三世纪后半叶到 1427 年之间，这儿曾有个小型的女修道院。圣母七苦[1]的修女。修建这座女修道院是为了致敬圣母玛利亚的产婆圣

1 指圣母一生所受之七种巨大痛苦。

莎乐美。这个农场很有可能是与女修道院连在一起的。我们一行四人，都住在农场上，两人一间房，睡在阁楼的四柱床上。农场主人的妻子很高兴我们入住。除了卖鸡蛋，卖家禽，收留过往客人可以挣点额外的钱，她也没有别的指望。可是在道路修好之前，又有多少人打那儿经过呢？

“希望你们这些年轻的绅士们睡了个好觉。”第一天早上，她如此询问。我们赶紧说自己睡得很好，只有尼斯比特不然。他严守礼节，但也非常在意准确。

“也并非要事，但是，辛顿太太，昨晚很晚了，你和你的朋友们还在唱歌说话。”

“你是说我和辛顿吗？我们从不晚睡。工作太辛苦，不可能呀。”

我们其余三个人，从中听出了一点埋怨的意味，或自以为是的正直。我们说，我们什么都没有听到。我与尼斯比特睡在一个房间，的确是什么都没有听到。

我们雇了辛顿，让他先把表层土翻开，这样我们立刻就可以开始测量和绘图。我们还雇了两个农场工人，他们觉得那地方什么都不像，就像是两排猪舍。实话实说，修道院的底层平面图似乎真没有什么特别的。这地方唯一真正引人注意的是1426年伊利主教发出了一道特别视察令。当时的情况很不尽人意，修道院里，穿修女袍子的只有两个非常老的女人，袍子很脏很破，第三个修女年纪也很大，据说过着不道德的生活。据描述，当时的屋顶“不足以避雨”。主教似乎派出了第二位特派员，并授权给他，若有必要，驱逐这些女子，把她们重新安顿在圣拉德贡德修道院。但这地方并不重要，没有留下更多的记录。如果主教的特派员来了，也没法知道他遇到了什么。在修建道路之前，大约三百年的时间，这个修道院消失了。绿草掩盖了它，牛群在上面行走。

第二天晚上，尼斯比特还是那样。他把凉水洒在我脸上，我惊醒过来，他说，他不仅可以听到声音，而且还能真真切切地听到在说什么。

“进去、进去、进去”的声音，反反复复地说；有一次是“跟他进去。下面、下面、下面”。他觉得，这些声音非常尖，比女人的声音还要尖。他觉得好害怕。

我们觉得会不会是辛顿太太开的玩笑，但立刻就否定了这个想法。我们在她家短暂居住，她只大笑过一次，仅仅一次，我们的一个人被农场厨房前面的破台阶绊倒，直挺挺地摔在地板上。她的确是大笑起来，笑出了眼泪，笑得喘不过气。她说，一年到头，年复一年，她一般看不到这样的事情，她很开心。

“能让女主人开心，当然是件高兴的事情。”尼斯比特说道，“顺便说一句，我觉得她应该没有风湿病。”

“我觉得整个沼泽地区都冷飕飕的。”我说道。

“马修斯，你一点儿也没有感觉到？”——我问他感觉到了吗。

“我觉得疼。”他回答道，这时我看了看他（无论是与谁一起，近距离一起生活，你就不会再专注地看对方），看到他的眼睛和鼻子周围有一圈铅灰暗色，通常而言，这是病得不轻的症状。

“什么样的疼痛？”

“有一种压迫。我觉得无法动弹。”

“尼斯比特，那是你凭空想出来的。”

“不是凭空想出来的。”

“我们去呼吸点新鲜空气吧。”

虽然天才刚刚有点亮，我们下楼去了发掘现场。尼斯比特立刻提议，我们应该掀开砌砖，挖开坑里的阴沟。

我已经说过了，这阴沟肯定是与修道院一样古老。当然，这片地早就不靠这些阴沟排水。但如果挖开了阴沟，还得复原，我们雇的农场工人似乎对这活儿没信心。两个人都说，乱搞老排水系统，很不好，你根本不知道下面有什么，这让我们很是惊讶。

“但我们来这里就是为了这个。”我说道，“这也就是我们雇你们的原因。我们特别想要知道下面有什么。”

他们说，他们知道以前有人干过这样的活儿，最后以地面塌陷告终。我们追问细节，他们不肯说。我们其他人负责的是测量和记录，我很肯定，如果不是尼斯比特表现出如此病态的渴望，如果不是他如此执意要徘徊在阴沟旁，我们不可能那么坚持要打开阴沟。

“见鬼，”其他两个说道，“他就像下水道旁边的狗，嗅来嗅去。”

他比我们出去得早，回来得晚。我想要让气氛轻松点，就问他，是否看到了什么特别的东西？他说，他认为他看到了，我大吃一惊。

“嗯，是什么，或者是谁呢？”

他不太情愿地告诉我，是一个老女人，那个老女人冲他张着嘴巴，就像是在打哈欠或是狼吞虎咽。她一颗牙都没有。四十年前，没牙的老女人很常见。如果没钱，也就无法补救。我问他，为什么要在意呢？他回答说，他害怕那女人会碰他。如果没有看到他的表情，我就要大笑起来了。

“她要去哪儿？”我问道。

“我觉得是要去格斯汀林。也没有别的地方可去。”他重复说道，“我害怕她会碰我。”

我不记得我是否提到我们队里其他两个人是医学生。虽然无法证明他们是否通晓医学，我还是决定问问他们，打听一下疲劳压力的后果，我们是否应该建议或劝说尼斯比特尽快回家休息。但我还没来得及问，尼斯比特就告诉我，昨天晚上他又起身，趁着月色明亮，到坑里仔细查看了砌砖。我得承认，那晚我还是睡得很香。

“嗯，又是你的那个老女人？”

他说，他看到了三个女人。她们手脚着地，正目不转睛地看着她们搬来的东西，挺大一块，黑乎乎的。那是一个男人的裸体。那个男人还没有死，因为腿和脚还在动。他肯定经历了尼斯比特没有看到的过程，他的骨头一定是碾碎塌陷了，身体变形，变得又长又薄，到了荒诞的程度，正在被一点点地塞到阴沟里。他一点声音都没有，但脚还在动。

“那些女人说了什么？”

“她们说‘进去’‘进去’，然后又说‘下面’。”

“今晚也有月亮，”我说道，“我当然是觉得白天观察起来要容易得多，但如果你想要在晚上再散散步，我就跟你一起去。”

他看着我，仿佛记不起我是谁的样子。我还应该提及一件事，他当时几乎什么东西都不吃，而我们其他人因为整天都在户外工作，胃口非常好。当然，我们只能让他同坐在餐桌旁，但如果他不坐下，可能会愉快得多。辛顿太太显然是认为他为食宿付了钱，理应得到食物。她把盘子装得满满的，放在他面前，之后端走一口未动的食物，也是不言不语。

我们回到房间，上床睡觉。

“你到底在发什么疯呀?”我突然醒来，大声叫道。我睡着了，而尼斯比特衣服都没有脱，正朝门外走去。我穿上自己的诺福克外套[1]，跟在后面。等走出房子，一般情况下从不奔跑的尼斯比特开始奔跑。我在那个倒霉地方追上了他。他躺在那个深沟里，盛夏期间，里面非常潮湿，满是长长的草。

“马修斯，我在等你。”

“等我干什么？你找到了什么?”

“我没找东西。我知道有什么。我要说的是——你带了尖刀吗?”

“拿刀干什么？我倒是可以从厨房拿一把。”

“一切都应该悄无声息地进行。你必须把我的舌头切掉。这就是你要做的事情。”

---

1 这种衣服宽松，有腰带，有箱形褶，一般是花呢材质。

我一定要把他带回农场。他似乎是心智失常，这反倒让人松了一口气。在那个年龄，我还比较强壮。也许比尼斯比特要强壮得多。人们说把人拖走，可要把人拖走，就要抓住他的胳膊或腿，要不怎么拖？我们扭打起来，两人身上全是草和泥。尼斯比特嘴里一遍遍地重复，语气很是难听：“进去，进去，甜心。进去，进去！”我说：“老伙计，这可不行。”他一句又一句的“进去、进去”，我听得毛骨悚然。我没能占到上风，突然，他探起身体，把自己的右手和半只胳膊伸到了阴沟中。那天晚上，天空中云层支离破碎，我不太看得清自己具体的动作。我弯下身，与他并肩靠着，伸出左臂，扣住他左肩。接着，我就开始拉他。这并不是他被卡在下水道的问题，没有这么简单。有人在与我对抗，一点点地把他拉走。

“尼斯比特，跟我一起用力呀，”我对着他的耳朵大声喊叫，“想象我们回到了学校，拔河比赛，尼斯比特，想想那个。拉！”我不知道尼斯比特在哪儿上的学校，但我实在是想不到其他的了。但就我所见，他实在不像学生。他一点儿也没有帮我。他还是疯狂地挣扎，事实上，他是要从我这边挣脱。嘴里还叫着“进去、进去、进去”。我唯一的机会来了（他终于倒向一边），他晕了过去。就像反弹一样，胳膊出来了。手还在，还连在手腕上，但只剩下了骨头和肌腱。手上的肉，被拽走了，或是吸走了，一点儿不剩。她们全拿走了。我大声说道："失血过多，他会死掉的。"我之前的叫声"跟我一起用力呀"，肯定比自己听到的要大得多，现在另外两个人穿着睡衣正从农场那边跑过来。他们看到可怜的尼斯比特是什么感受，我想不出来。

他们之前谁都没有处理过大出血，但等把尼斯比特抬到厨房餐桌上的时候，他们给他扎上了止血带。我去找来了医生。当时怎么解释的，现在我已经记不清了。"我们只是趁着暑假，安安静静地做一点发掘工作。"我说道。医生说他从业以来，还从未见过这样的事故，安安静静地做一点发掘工作就成了这样，更没见过。

我想你们不太可能听说过这个故事。尼斯比特虽然恢复了，当然是非常不愿意谈论这件事。本来他是要做牧师的，但因为残疾，他没有领圣职。他失去了胳膊肘以下的部位，大脑也有些受损。我相信他是到国外生活去了，我觉得是比利时；对，是比利时。

你们会问，发掘怎么样了？再也没人去做这件事，但后来修路的时候，必须挖一挖。当时，我觉得自己应该去看看有没有挖出什么值得一看的东西。是的，有一具古老的男性骨骸，真是稀罕物，但很恐怖。看起来像是被碾压过，折叠起来，再展开或拉长。这如何才能办到，很难想象，如果是在这个人死之前做到的，那就更难想象了。还有几块肉，更像是鞋舌，在潮气中已经变质硬化。对于历史学家而言，最有意思的发现是几张羊皮纸的碎片，这东西以很不得体的方式插入或是塞入了尸体中。上面没有完整的单词，只有为数不多的几个字母，辨认出来之后，我们几乎可以确认这些碎片是主教签发的驱逐令，第二次派人视察后签发的。不要忘了，在公共档案局，我们有上万份中世纪下达逐出教门的法令，但从来没有驱逐令。因此，你可以理解历史学家的兴奋。但是，不得不说，据我所知，历史学家是很容易兴奋的人。

现在，你们想要我回到类比这个问题上，但毕竟不是十分贴切。我们开始讨论的是倒霉的马车夫和第三个骑自行车的人的行踪，那个骑自行车的人也失踪了。警察告诉我们，路上没有找到他们，路边也没有找到他们。但我就要问了，难道我们不应该在路面下找找看吗？我并不是说马车夫和骑自行车的人已经惨遭人类的毒手。然而，柏油路之下是古老的砖石阴沟，我认为，他们被掩埋在了那里。愿他们的遗骸得到安息！我们常说，“在空气中消失得无影无踪”。然而，他们却被肮脏的泥土和沼泽水所吞没。有些地方，并不震撼，甚至不起眼，但却不可侵扰。

那些地方曾经发生过不堪入目、令人发指的事情，一旦打扰，就会重演——也许我们可以称之为人血补偿。什么时候发生呢？多久发生一次呢？时间地点都不是我们可以探知的。让我们所有人都扪心自问，想一想在某个时间，有没有到过看起来很不安宁的地方，似乎在等待入土为安。我们就说吧，这样的事情发生过。有人问过我，不止一次，而是多次，他们问我是否相信这些事情，嗯，我只能说，我愿意考虑证据，如果证据让我满意，我就接受。

马修斯博士的故事写好了。应该到哪儿，给谁读一读这个故事呢？一般而言，他驱赶心绪写出来之后，第二步就是读出来。他习惯是等到十月，等到万灵万圣节，到了那一天，上一年的亡灵受到邀请，从他们难以言说的国度回到自己的老家，坐在自己的桌子旁享受盛宴。在这一节日里，他经常给中世纪古文字学者的挖掘者社团朗诵自己的故事。但是，他不想等到下一次聚会的时间了。

“很奇怪，我迫不及待呢。”他自言自语道。他把手稿揣在兜里，穿过圣詹姆斯学院的护国公庭院，遇到了初级院长。

“嘿，哈特利！”哈特利总能为了院长挤出半个小时的时间。他们两个人回到马修斯博士的房子里。马修斯博士绘声绘色地依次模仿了不同人物的声音，读完了，他停下来，透过圆圆的眼镜，探究地看着前方。

“院长，我非常喜欢这个故事。”初级院长说道。接下来就是沉默，不应该这样，于是他补充道：“我觉得里面有一种象征主义的意味，也许是性暗示。”

“我希望没有这种东西。我从不修改自己的故事，一旦写好，一字不动，这个故事，我也不会改。但正如我说的，我希望没有这种东西。小说里的性就够烦人了。鬼故事中有性的成分，我可无法忍受。”

“如果在生活中，不觉得性烦人，虚构故事中当然也不烦。”

“但我的确觉得在生活中都烦人，”马修斯博士回答道，“或者，更准确地说，我觉得其他人在意这东西，让人烦。真是的，说个没完，没完没了。”

初级院长并没有把这个故事告诉别人。然而，这个故事却流传开了，流言也传开了，人们说圣詹姆斯学院的院长认为有人，也许是两个人，被埋在了格斯汀林路的下面，那地方距离塞奇医生的精神病院只有几英里的距离。没过多久，故事又增添了新料，说是警察在考虑要封路，以便初步调查——这一来，当然马匹和汽车都要绕很远的路了。警察呢？因为他们不知道该如何进行，也没有在格斯汀林路事故上采取任何行动，但他们非常清楚，这位院长虽然怪异，却有分量，据悉经常去伦敦，受邀为重要人物提供咨询意见。也许，在那样的场合，他不太可能谈到失踪的马车夫，但警察决定，不管怎样，还是了断了这件麻烦事为好。法院传唤了农场主乔治·特纳，他与马车夫或驾驶者是主仆关系，他提供了一辆不安全的交通工具，没有按照《1904 年道路照明法案》的具体要求安装前灯或后灯，因此作为雇主，他就要为雇员犯下的罪行负责。他的雇员于 1911 年 3 月 2 日驾驶上述马车，疏忽大意，给弗雷德里克·艾尔默和黛西·桑德斯带来身体伤害，并且损坏了他们的自行车。当地法官的文书给特纳写信，问他是本人出庭，还是请律师代理。特纳回信说，都来。警察也就放弃了想要走过场的指望。他们传唤了弗雷德、黛西和瑞博恩太太做目击证人。

“他们不需要叫你，亲爱的，”瑞博恩太太对丈夫说道，“你没有什么好担心的。”

“我想他们知道我的时间很宝贵吧。他们可能知道我忙得不可开交。他们这么明事理，我真是惊讶呢。如果他们想要我出庭，我则不得不拒绝。如果因为拒绝，他们觉得应该逮捕我，从原则出发，我则要准备好勇敢面对牢狱之灾。妇女参政权论者没有必要觉得牢门专门为她们而开。”

他并没有被传唤，但还是继续抱怨。

第十八章

不同寻常的诉讼案件

*

十点开庭，坐在审判席上的是新任命的领薪治安官。弗雷德、黛西和瑞博恩太太被告知在证人间等候。整个过程不会太长，黛西把自己的东西放在袋子里，准备骑自行车到医院。她看上去似乎非常苍白。脸庞依旧光鲜亮丽，但目光茫然，仿佛是一尊没有赋予感情表现力的雕塑。英勇的瑞博恩太太穿着猩红色的长筒靴，亚麻无袖外衣，尽其所能地给另外两个人打气，她暗示说（房间又小又闷），他们被误当成了囚犯，马上就要像囚犯一样领稀粥，缝制邮袋。

"瑞博恩太太，我笑不出来，"黛西说道，"只有上帝才知道你是怎么办到的。那天你完全是出于好意，把我们两个人从路边救起来，要不你也用不着在这里浪费时间。你没有想到这一点吗？"

"也许有一点吧。"瑞博恩太太说道。

等到乔治·特纳的指控结束后，证人才进入法庭。警察局的一位巡官作为原告出庭。“你的名字是理查德·凯奇，侦缉巡佐，”他语速很快地读出第一位证人的身份，“你于4月4日在格斯汀林路的特纳农场对乔治·特纳进行了问话，你指控他犯下两项罪行，他则恶言相加，并且表现出想要阻挠你执行公务的迹象，他问你为什么还没有找到失踪的马车夫，还说剑桥郡的警察找人还比不上在自己屁股上抓跳蚤的母狗，是这样吗？”巡佐表示同意。

弗雷德宣誓作证，法庭采纳了他的证词。这是他第一次看到乔治·特纳，这位农场主坐在那里，不肯妥协的样子，他穿着做礼拜的硬领衬衣，东风吹来，脖子一缩，双手放在膝盖上，一个无可指责的简单男人，眼前的法律程序已经把他搞糊涂了。被告律师站起来盘问，急于挣钱的模样。他问弗雷德，视力是否正常。弗雷德说自己视力很好。律师露出沮丧的表情。当时是一团漆黑吗？不是，但天色很晚。

“费尔利先生，”律师说道，“你认为自己是科学家和哲学家吗？”

治安官问这是否与本案有实质性关系。律师说他在询问证人的可靠性。

“我从来就不是哲学家，”弗雷德说道，“可能你觉得，我猜你想说，作为科学家，我看不清自己的路。那我必须告诉你，你错了。”

弗雷德坐下之后，瑞博恩太太宣誓作证，听到自己的身份是家庭主妇。“如果大学允许女性攻读学位，”她说道，“我本应该是大学毕业生。”

“瑞博恩太太，你是家庭主妇。”巡官继续说道，“2月26日的晚上，你听到你家房子外面有动静，像是撞击的声音。你穿上防水衣物，到马路上查看，发现两个人，一男一女躺在地上，显然是受伤的样子。当时，你并不能确定他们的身份。于是，你到隔壁农场请求帮助，找到了特纳先生的儿子，他用手推车一次性把两个受害者送到你的房子里。”

“特纳先生的儿子出庭了吗？”治安官问道。儿子因为身体不适，获准免于出庭。他获准呈递一份誓词，他在这份誓词中说，他不知道父亲雇了谁驾驶马车，也不知道马车上是否有灯。但他觉得肯定应该有的，否则驾驶者如何能够看得到呢？

“从他嘴里居然能够听到这么有理智的话，你够走运。”乔治·特纳说道。

治安官告诉他，等一下他有机会说话。“我有很多话要说。”特纳回答道。

每次弗雷德看到黛西，都有猝不及防的感觉，虽然他觉得自己似乎把所有关于黛西的事情都记在心里，但他还是不知所措地认为自己终归把事情记错了。就目前而言，也就是二十分钟左右之前的证据。差不多二十分钟前，他与黛西同坐在证人等候室里。当时，他注意到黛西脸色苍白，但现在他发现自己并没有真正看清那种苍白的颜色，那更像是白色香水月季的颜色，隐藏着，只能揣测。他正在这样胡思乱想（同时完全忘记了马赫原则。这一原则认为，奇迹的元素永远都不存在于现象当中，而是在观察者身上），黛西宣誓作证。

“就在刚才，费尔利先生作证的时候，说你与另一个人并肩骑行，或者是紧跟另一个人的身后骑行，”巡官说，“一个男人，他自然也是这一事故的目击证人。当然，你肯定看见这个男人了，而且还有可能认识他。好了，桑德斯小姐，你能告诉法庭他的名字吗，或者是给我们提供其他有关这个男人的信息？”

“不，我不能。”黛西说道。

“你不知道他是谁？”

“不，我不知道。”

“你是那个男人的朋友或者熟人吗?”

“不是。”

“但是，你与他一同骑行?”

“我在他身后。”

治安官说，他想要阐明一点。他也注意到了黛西脸色苍白，但归因于月经。他非常讨厌有人在他的法庭上晕倒，因此想要稍微帮她一把。

“桑德斯小姐，你知道的，警察还未能找到这个男子。你觉得可以在哪儿找到他呢?”

“如果我不认识他，又怎么能知道他去哪儿了呢?”黛西大声说道。

“桑德斯小姐，这可说不通。”

“被告有权为自己作证。”治安官说道。

“我有很多话要说，”乔治·特纳重复道，“但是，我的律师告诉我，没有必要回答问题。”

“这就是你呈递给法庭的意见吗?”

“是的，根据这片土地的法律，这就是我的意见。”

“我不需要你来告诉我国家的法律，”治安官说道，“这就是你所有要说的话吗?”

“我要说的是，你不能让我对你抓不到的人负责，我们所有人都记不住他姓什么。对了，现在剑桥有个教授说这个人，我的意思是说这个驾驶马车的人，已经死了，被埋在了格斯汀林路下。”

乔治·特纳说最后一句话的时候，用的是一种开玩笑的语气，他的律师就允许自己笑了笑。特纳双臂交叉于胸，坐下了。巡官站起来，提醒治安官警察现在有了额外的新证据。治安官和他的文书交头接耳，和睦地低声商量了一阵。

“你想要提交书面证词？”

“我可以传唤证人本人，阁下。他十分钟前到了这里。”

警员到等候室叫人，然后凯利走进了法庭。他穿着一件浅黄褐色的背心，就像是告密者，来者不善，气势汹汹。他凝视四周，无所不知的老练态度，法庭上第一次骚动起来，就像是呼吸到了罪恶和危险的火热气息。

凯利说他的职业是报纸编辑和新闻人。治安官已经不耐烦了，说，这两样工作都是一回事。凯利没有回答。他两眼直盯前方，像是口渴一样舔了舔嘴唇。他被问道，2月26日晚上，他在哪里。他回答说，他从剑桥出来，正朝着格斯汀林的方向骑行。问，他真到了格斯汀林吗？他说，他没有。一辆马车差点就撞上他，他一个躲闪，穿到马路的右手边。

治安官说："你是否能够描述或指证马车的驾驶者?"

"是的，我可以。他看见自己闯祸了，从驾驶座上跳下来，朝农舍跑去。我自行车有前灯，看到了他。"

"你能描述一下他的长相吗?"

"我不用描述。他就在这里。"他朝着特纳一甩脑袋，"就是他在驾车。"

特纳一声怒吼，被架出法庭的时候还在吼，到了走廊里，仍在吼，警员平静地让他安静，然后警员就没有那么平静了。

"案子被驳回，修改传票吧。"治安官说道，"请告诉外面的人，让他们保持安静，如果有必要，就拘留被告。与此同时，我还有一两个问题要问。凯利先生，事故发生后，你做了什么?"

"我掉头回到剑桥，去了佩特旅店。我在旅店为我和黛西·桑德斯定了一个房间过夜。我知道，她没有别的法子，只能回那儿。她没有钱，自行车也撞坏了。"

"你说的是桑德斯小姐，现在出庭的这位证人?"

"是的，黛西·桑德斯。但我被骗了。她到了第二天早上才出现。"

"你为什么不立刻报告这次事故，万一需要帮助呢?"

“我不想搅这趟浑水。我不想让人知道我们要一起去旅店。我不想毁了她。”

凯利轻声说话，没有语调，治安官和他的文书双双前倾身体，这是他们不满别人声音含糊的表现。治安官重复凯利的话：

“你不想毁了桑德斯小姐。我认为你的意思是说，你不想要让她难堪。现在你为什么又决定要站出来了呢？请直白回答。”

“我改变心意了。”凯利说道。接着，他大声说道：“上帝作证，现在我就是想毁了她。”

第十九章

凯利倒地休息

*

特纳先生的律师前去领了人，法院命他具结保证，等候进一步询问。警察留下凯利，要求签署一份证人陈述。其他人都可以走了。黛西拿起她的包，出发前往塞奇医生的医院。她甚至没有看凯利一眼，而凯利的目光没有离开过她。她也没有同弗雷德说话。

弗雷德去了地方法院前的一家小咖啡屋，一坐就是三个小时。他花了五便士，叫了一杯茶和两块饼干，什么都不想。哦，但那是不可能的。什么都不想，是不可能的。没错，作为受雇于大学、职业就是思考的人，弗雷德这样不专业；作为恋人，他不明智。但是，情况就是这样，他满腹心酸，继而麻木，最后脑子一片空白。

这家咖啡屋不过是一栋房子的前厅。炉栅里的煤火没精打采地冒着烟——其实也不是煤，是用煤渣和茶叶混在一起的煤饼。只有三张桌子。女老板穿过珠帘，问要不要点燃煤气灯。如果弗雷德不想看书，她就把光调暗点。弗雷德听得出这种为钱发愁的口气，就像是涛声一般，全世界都一样。

“我不想看书，”他说道，“真的不看，压根儿不需要点煤气灯。”

“哦，我不想有那种没有营业的样子。事实上，我刚才是想问你要不要坐在窗边，你明白的，如果有人路过，也有点氛围。”

弗雷德走过去，坐在窗边。她把弗雷德的茶杯和盘子端了过去。“你的茶怕是凉了。我应该早点提醒你的，只是不想打扰你思考。”

“你们有很多来这儿思考的顾客？”他问道。

“什么样的顾客都不多。对面就是法院和警察局，看着觉得这里生意不错。但是，也许呢，外面的人看到你在说话，如果你还能面带一点儿微笑，那就真的好很多。我可以叫我父亲出来，跟你坐一起，只是他耳朵不太好。”

弗雷德想要微笑。

“你不想吃你的饼干？”她问道。

“我说，”弗雷德说道，“如果警察留下某人问话，到了警察放他走的时候，他肯定会穿过马路，到这儿来吧？”

“不，他不会的。”女老板的父亲哗一声撩开珠帘，蹒跚走出来，一点儿都不耳聋的样子。“他不会到这儿来的。如果被警察留下，一出来，立马就会离开。”

“我在等人出来。所以我才坐在这里。”弗雷德说道。

“那你要不要再点一些东西呢？”女老板说道。

“好的，好的，同样的东西，再来一份。”

“你不想要点烤的东西？”

“好的，同样的东西，饼干烤一下。”

“给你朋友也点一些东西？”

“我什么都不想给他点。他不是我的朋友。恐怕我真不是你希望的那种人。”

“我就是想要年轻人。”她疑惑道。

“我已经二十五，马上就要二十六了。”弗雷德说道。但她表情更加疑惑了。

“但你的朋友可能想吃点烤的东西？”

“我什么都不想给他点。我甚至不想和他说话。”

“你已经等了他三个小时。我觉得应该是想跟他说话的意思。”

“我想要揍他。”

现在，弗雷德意识到，他一直没有想的正是这一点。那位老父亲毫无节制地大笑起来，扶着椅子背，免得站不稳。幸好弗雷德揣了好些钱，本是希望带上黛西去用午餐，如果有必要，也带上瑞博恩太太。他点了这么些东西，正在付钱的时候，看到凯利从警察局的台阶上走下来，心中涌起一股等待许久终于等到的那种难以置信。凯利的帽子没有套在后脑勺，而是拉低，压在脑门上，夹克衣领也竖了起来。肯定是在飘雨。他下了台阶，来到人行道，往右一转，就像平时一样，趾高气扬地走起来，这样的举止在弗雷德看来，就像是这个男人觉得自己可以无限制地接近女性，偶然碰到了一个女孩，就带到便宜旅店过夜，还觉得无所谓。在这个男人看来，他的夹克还重要些，女人好找，衣服难寻。

这就没有商量的余地。前面是一辆摩托车，后面是一辆平板马车，弗雷德从中间快速穿过马路，追上凯利，拽住他的衣领，一把将他扳过脸来。这一来，两人的姿势就失控了，弗雷德的胳膊绕在凯利的后脖子上，就像是拥抱一般。

“你是那个学校老师。”凯利说道。他使劲往后一拽脑袋，冲着弗雷德的脸啐了一口。“滚开，学校老师。”弗雷德变换姿势，一拳挥出去，重重地打在凯利的耳朵下面。这一拳有些师出无名，但有时，公道是你能讨多少，就是多少。他晃悠了一下，仿佛是不确定该朝右边倒，还是朝左边倒，接着就不慌不忙，彻彻底底倒在地上，仿佛支撑他的只有身上的夹克。他倒在了一家补衣服的裁缝店门口，躺在那里，一动不动。

“费尔利，要帮忙吗?”说话的人是斯基普，他出现在剑桥镇的这一头，还真是想不到。“你看呀，有个人躺在人行道上，就在你脚下。”行人不想惹上事，纷纷绕道而行。

“是的，我打倒的。”

“你后悔吗?”

“不，我不后悔。”

“费尔利，但我觉得他不能躺在这里。”斯基普抬起了凯利的双脚，脚上穿的是一双尖头的破靴子。“抬到哪儿?”

“斯基普，老实说，我不知道。”

“那就走着看吧，到时候自然就知道了。”

斯基普走在前面，背对凯利，双手托着膝关节。弗雷德跟在后面，托着凯利的头和肩膀，还留心他的帽子。就这样，他们成功穿过了帕克公园。斯基普不断地扭过脑袋，轻声对弗雷德说话。

“弗雷德，这整件事完全不是你的风格。”

“我来告诉你他是谁。我来告诉你他想要干什么。”

“以后，以后再说。事实上，碰到你，我挺高兴的，我想要谈一谈我遇到的问题。”

他们继续穿行在圣安德鲁街之上，街上的人各忙各的事情。

“你知道的，”斯基普继续说道，“我在研究迈克尔逊—莫雷实验[1]。我认为可以更为准确地重复整个系列。长度的细微变化要求精确的测量，如果还要认真负责其他的工作，我就无法单独完成。我不断向学校申请分配助手，但全然没有回复。”

他们好不容易通过一个拐角，凯利的帽子掉在地上，一个学童给他捡了起来。细雨依然蒙蒙。

“并不是没有钱可拨，这么大的一个大学，总可以拿得出钱来。扩建呀，医学院呀，四面八方都在搞修建。他们都想要建图书馆，甚至寄生虫学家都要建图书馆，是的，费尔利，还有经济学家。是的！金子就像雨一样落在他们头上。但是，我的申请没人读，没人考虑，我怎么可能满意。”

“也许他们觉得没多大必要做迈克尔逊—莫雷实验。”

“啊，费尔利！他们也没有拿出完整的证明，我怎能

---

1 著名的物理实验。1887 年在美国克利夫兰，迈克尔逊和莫雷证明了光速在不同惯性系和不同方向上都是相同的，由此否认了以太的存在，从而动摇了经典物理学基础，成为近代物理学的一个开端，在物理学发展史上占有十分重要的地位。

满意呢。”

“我觉得这世界上就没有完整的证明。”弗雷德说道。弗雷德没法相信，这么长的时间，凯利居然还没有意识，除非他真是受了重伤，但这一点弗雷德也没法相信。凯利的气色比在法庭上好些了。也许像婴儿，他就喜欢被抬着走。

“你知道的，费尔利，我说的不仅仅是干涉仪的事情。我说的是菲茨杰拉德—洛伦兹[1]收缩。”

斯基普尖着嗓门，不断说话，过路人听到，反倒没有疑心。这两个人，要么就是好朋友，另一个朋友喝多了，只好抬着走；要么就是在实验室之外进行重力和测量的实验。这两个人抬的东西不同寻常，看着是要没完没了地走下去，说下去。然而，让弗雷德惊讶的是，斯基普心里非常有数，知道往哪里走。他们路过植物园，他立刻急转往右，进了公共入口。

“我想要见巴提。也许你见过他——研究的是植物形态学和同源性。”

“见他干什么？”

“他可能就在某个温室里。我想要请他下周到反对者

1 菲茨杰拉德是爱尔兰物理学家；洛伦兹是荷兰物理学家，诺贝尔物理学奖得主。两人先后独立提出了同一理论。

社团演讲。题目是：没有树木，我们活得更好。我请他做正方发言人。”

快到关门时间，植物园里几乎没有人。草坪进行了春天的第一次修剪，大草坪边上有一个大铁丝筐，里面装满了割下来的绿草。

“我觉得，就放这儿吧。”斯基普心事重重地说道。看着凯利被放到青草柔顺的怀抱中，他补充说道：“我觉得，这里真还算得上舒服。”

第二十章

弗雷德给学生的建议

*

弗雷德的问题之一就是，还有不到十分钟，他就要去给实用物理学一年级下学期的学生讲课。弗雷德坐出租车回到圣安杰利卡斯学院拿袍子，斯基普想要继续讨论，一直追他到最后一刻。他在门房给植物园打了个电话。他说，他不找馆长，这件事情要找主管园丁。是不是之前有个男人在草坪西南边的大篮子里睡觉，或是现在还在睡觉，又或是病了？主管园丁去打听，似乎过了很长时间才回来。是的，有过一个男人。关门时间，他们发现他在篮子里。现在人在哪儿？他们回答不了。他跑了。他看起来像生病的样子？还能翻越栅栏，不太像病得厉害。

弗雷德的房间里，与往常一样，有一小堆卡片、邀请函和信件。其中一封来自霍尔库姆。“平时不太能找得到你，今天上午开庭之后，也没法找到你。这就是为什么我给你写信。我想你是没有注意到我在旁听席的后排，但我的确是在。我想要与你说的话，从某种意义而言，是上次信件的继续，反对者聚会那天晚上那封。信中，我对你表示祝贺，祝贺你身为圣安杰利卡斯学院的初级研究员享有自由，不用真正考虑情感的问题，我也希望自己没有流露出不平的情绪。我提醒你，结交任何适婚年龄的年轻女子，对你都毫无意义。但现在我见到了你的桑德斯小姐，显而易见，她虽然美貌，但并不属于适婚类型。我觉得之后，你不太可能再打算见她。但是，费尔利，你完全不知道我要找女人有多难，无论何种女人，都难。我的建议如下。我没钱结婚，但我也没钱挑剔，我想，桑德斯小姐也没……”

弗雷德从门背后的衣钩上取下袍子，朝卡文迪许实验室走去。

教室里有八个本科学生，他自己八年前也曾坐在这里，欣喜于自己的年轻，怜悯中年人的心无挂碍。当年和现在，卡文迪许实验室的负责人都是 J. J. 汤姆森[1]（但现在他已是约瑟夫爵士），而且当年和现在都是一样，实验室里做研究的学生人满为患，人人都只能亲力亲为，反复尝试，修补设备，如果能找到一点儿空间，即便是在一张

1 约瑟夫·约翰·汤姆森（J. J. Thomson，1856—1940），英国物理学家，电子的发现者，诺贝尔奖获得者。

桌子上找到点地方，那也是难得的幸运。弗雷德上课的地方在顶楼，据说是为了避免磁干扰，铜质暖气管的口径小得可怜，无论是当年还是现在，教室里都寒冷刺骨。条件如此不堪，豪气却是不减分毫。没有一个学生愿意到另外的地方去。这可是卡文迪许。

弗雷德是个好老师，他很早就开始在主日学校帮忙。每个礼拜天下午，布罗村子里所有的孩子都要到主日学校来。农舍窄促，也就只有趁这个机会，他们的父母能够在没有打扰的情况下一同上床休息。教区长的一家人很明白。弗雷德、费尔利太太，后来又加上了海斯特，他们知道，风雨无阻，无论如何都要咬紧牙关让这些孩子在教区房间里待到三点半。“埃及的第二次瘟疫是什么？”“皂荚木镶嵌了金子，做成了什么东西？”“巴兰[1]的驴子被赋予说话的能力后，她的第一句话是什么？”在英格兰，特别是在布罗，那么多的村童不假思索就能回答这些问题，还真是有些难以想象呢。

弗雷德对学生说，今天下午的课，他以高斯定理在引力场中的应用作结。“通过包围质点 m 的任意闭合曲面的引力通量都等于 $4\pi Gm$。之所以有 4π，那是因为使用了非

---

1 被派去诅咒以色列人的美索不达米亚先知，在被他的驴子斥责后，对以色列人加以祝福。

有理化单位制[1]，负号是因为引力场的作用方向始终朝向该质点。”

出于某种原因，这个班的学生觉得有必要把这一段记下来。此处有一种共情的魔力。等到最后一个学生写完，等到最后一个墨水瓶盖被拧紧，弗雷德说道：“稍等片刻。两周前，我让大家写一篇论文。论文都在这里，但我现在不会把论文还给大家，因为我对你们写的东西不太满意。当然了，我们在剑桥说‘不太满意’，就是‘根本不满意’的意思。之前，我让大家写的是普通论文。如果今天我要给大家出题目，那很有可能就不一样，事实就是，我想让大家设计一套理性系统来测量人类的幸福。你们都是大吃一惊的样子。你们似乎在想，如果有物理学家坐下来回答这样的问题，那他就是个怪人。你们整体看上去，有一种想要讨回学费的氛围。然而，我想要用这个机会告诉大家，科学思维和日常思维之间是没有区别的。我们对记忆的生理机制有所了解，对感官的生理机制也有所了解，但我们还没有搞清楚思维的生理机制。真的，我觉得等我们明白思维是如何运行的时候，我们会发现所有思维运行

1 高斯单位制与国际单位制之间，一个差别是在一些方程里的因子 4π。国际单位制被分类为“有理化单位制”，高斯单位制被分类为“非有理化单位制”。

的方式都是一模一样的。”

“先生们，作为科学家，无论你做什么，不要认为自己与众不同。无论何时，都不要鄙视或想要鄙视那些思维与你不一样的人，一分钟都不要。事实上，他们的思维方式与你并无不同。不要对自己说，他们的想法都平淡无奇。平淡无奇的想法自有精彩之处。重要的是，新想法应该源于已有的想法，很快新想法也成了老相识。老相识并不总是受人欢迎，但至少我们知道他们是谁，或它们是什么。”

“你们来剑桥学习物质和能量之间的相互依存。请记住，能量和物质绝不是不同于你们自身的东西。不要忘了，科学家并不是没有感情。你的判断和你工作的能力部分取决于你的领悟、你的先入为主，更重要的是你的情感生活。你们必须面对这一事实，如果对你而言，另一个人的幸福比你自己的还要重要得多，而且行为处处完全出乎你的意料，你的效率就会大打折扣。心碎之际，觉得自己会品尝到流血的味道，那只是荒唐的幻想。但我要重申一遍，你的效率会大打折扣。”

本科生们身着黑色或是深蓝色的袍子，一边窃窃私语，一边离开了这个冰冷而局促的教室。其中两个转身留下来，拦住了弗雷德。

“费尔利先生，你说我们的论文非常糟糕。”说话的人是罗伯特·柯克，来自西德尼·苏塞克斯学院；另一个学生是弗瑞尔，来自彭布罗克学院。

“是的，非常糟糕。之后我会找机会与你们一个个单独谈论文的事情。”

柯克深吸一口气。“我想说，今天下午你最后那番话，我很是担心，我这样说，希望你不要在意。弗瑞尔也很担心。你的话让我们觉得忧虑。你的话似乎涉及了私人领域。我们两个人觉得从你的教学中受益匪浅，而且在某种程度上，我们视你为科学家早期阶段的楷模。”

“你们拿楷模来干什么呢?”弗雷德问道。但柯克只是重复了一句：“我们很担心。”这时，弗瑞尔大胆地说道：“听起来像是个人生活中的麻烦。”

“你们的论文都非常糟糕，两个人的都是。”弗雷德说道，“不过，谢谢你们。”

第二十一章

在塞奇医生的医院

*

塞奇医生医院（医院并没有提及合伙人的大名）以前是一座很大的私家宅院，詹姆斯一世风格的建筑，粉玫瑰色，荷兰式山墙，奇奇怪怪的凸肚窗，部分掩盖在五叶地锦和紫藤之下。弗雷德请出租车在外面等他，傍晚时分他还有个既不能取消也不能推迟的约会。也就是说他七点必须回到剑桥。

在接待台，他说："我想要见桑德斯小姐。她是这里的护士。"

"先生，这里没有叫这个名字的护士。"

正在此时，塞奇医生本人从私人办公室走了出来，略微带着一点让人受用的狂野，大声说道："如果你想找我，我在这儿！要知道，我这里的病人并没有问题！事实上，不能用'问题'这个词来形容他们。我可以轻易想象出他们可以正常生活的社会。但却不太容易想象他们能够幸福生活的社会。”

“医生，这位先生要找桑德斯护士。但是，我们的护士里面没有叫这个名字的。”

“桑德斯在这里工作，但她不是护士，”塞奇医生声音尖锐，“她是女工。你应该知道的。不要因为自己无知，就自得其乐地打发走我的来访者。你是接待员。就好好接待！”他从前门走了出去。接待员叫来门房，带弗雷德去后勤入口处。

“你不能进去，只有等她们出来。”他解释说。

“她们什么时候下班？”

“六点半，先生。”

后勤入口处是房子原来的后门。从高高的窗户里飘来了一股股消毒水、肉汁、蛋挞和猴子牌肥皂的气味。从大楼拐角的地方望过去，弗雷德看到一片绿色的草地。草地上，塞奇医生已经平静下来，步伐庄重地和一位拼命打手势的病人走上走下，走上走下。

女人们三三两两地走出来，手里拿着包，装着医院的破烂。灯已经亮了。弗雷德问自己，今天我花了多长的时间来等待？黛西终于出现了，穿着外套，但没有戴帽子。他又是措手不及。

“好了，你揭穿我了，”她平淡地说道，“塞奇医生没有让我当护士。那是当然了，我又没有拿到证书。每周，他还是在黑修士医院工作三天。他知道我的事情。我不需要做任何解释，也是一种解脱。他说，他留下我做熨烫。这里有很多大小便失禁的病人。床单需求量比大多数医院都多。”

“黛西，我不想问你这个。”

“我没有想到你会来这儿。”她说道。

“有你在地方，我就会来。你怎么会不知道这一点呢？但是，黛西——”

“嗯，什么？”

“太不堪。佩特旅店很不堪。可以按钟点入住。”

“嗯，对一些人而言，就是方便。”黛西说道。

“不要那样说话。”他说道。

“嗯，我从未去过。我本来要去的，但结果就是我没去。”

“但是，黛西——他人也很不堪。凯利很不堪。”

“也许对于剑桥这样的地方，他不怎么样，但这世上什么人都有。”

“看在上帝的份上，没有那种的，你怎么会跟着那样的人去剑桥？去别的地方也一样呀。”

“如果你想知道，我就告诉你吧。当时，我情绪低落。

我告诉过你，我丢了工作。我没有想到会在利物浦街遇到凯利。我并没有想过会遇到任何人。但他却出现了，虽然他穿得像那么一回事，但我并不喜欢他，但总是好过没有。”

“但是，黛西，你爱他吗？”

“上帝，不。”

弗雷德有一种窒息的感觉，他觉得自己受制于某一套规矩，只能问几个问题。虽然如此，他已经问出了不应该问的问题。

“你为什么要在法庭上说你不认识他？”

弗雷德想要换个地方说话。他们站在后门，上方有一盏煤气灯，昏暗的灯光照在小路上，黛西看上去脸色非常苍白，甚至算不上漂亮。为什么她要说不认识凯利呢？没错，这是弗雷德最想知道的。黛西装作不认识这个男人，有没有那么一丁点可能性是想要照顾他的感受呢。如果是这样，那他悲伤的万丈高楼就会瓦解，只剩下最珍贵的东西。说吧，黛西，说吧，说吧。但他不敢问黛西是不是这么一回事。

“当然，只有在不得已的时候，我才会撒谎，”她说道，“非得要赶上电车，跑着也要赶上，不得已，就会撒谎。”

说吧，说吧。

“我就怕他到这里来，”她说这话，就像是在闲聊一样，“我觉得他不想回伦敦。除非是警察拘留他，我还真不知道他非得去哪儿不可。”

“我的上帝呀，你不会真在意他去哪儿了吧，你在意吗？”

黛西低声说了一句，弗雷德除了“更好”这个词，其他的都没听见。他苦涩地说道：“你不必烦心了。如果你真担心他，我就让你放心好了。不久之前，他就躺在植物园的垃圾筐里。”

黛西一脸惊吓的样子。

“黛西，我非得把他揍到地上不可。”

“你的意思是说，你把他揍晕了？”

“并非完全如此。”

“凯利比你年纪大，大得多。他的头发染过色。凑近了，肯定看得出来的。他干这一行，必须装作年轻的样子。他的工作没有半点可以骄傲的地方，但他并没有你的优势。下一次，再遇到像凯利这样的可怜家伙，你就想想这一点吧。”

他们绝望地望着彼此，现在似乎出现了另一套规矩，他们必须言不由衷，必须攻击自己想要捍卫的东西。昏暗的暮色中，医院的门房清了清嗓子。

“先生，对不起，这地方必须关门了，医生本人并不想，他倒是愿意白天晚上都大开门，但董事会说我们得关门。”

黛西说道：“弗雷德，不要再到这里来了。我也要离开这里了。你来了，也找不到我。”

“黛西，这是真的吗？是真的吗？”

他知道这是真的。黛西转身走进厨房的入口，关上了门。

第二十二章

天使之门

*

七点钟了。七点半，按照事先的安排，弗雷德前去拜访弗劳尔迪教授。弗雷德抱歉说，自己有些状态不佳。

“我亲爱的费尔利，没关系的。我知道你最近的事情。其中之一，就是到治安法庭作证。大约一小时前，圣詹姆斯学院的院长请我去喝一杯雪利酒。虽然他经常到这里用餐，但我认为，自然科学的教职工中，也就是我跟他有喝一杯雪利酒的交情。这只是因为他错误地认为我反对实验性研究。不管怎样，他把你今天上午的痛苦经历告诉我了。”

“你是说，马修斯博士在法庭上？”

“他似乎是去看庭审了——为什么要去，我还真想不出来。”

“我没看见他。”弗雷德说道。

马修斯博士去了，霍尔库姆去了，还有多少人去了呢？弗雷德没有看见他们，即便是看见了，对他而言，也毫无意义。他根本就没有心思去想他们。

“一位卓越的学者，”教授继续温和地说道，“但他们说，他听到院长房子的嵌板后有轻轻敲击的声音。当然，在自己的学院，一个人完全有权听到轻轻敲击的声音。不管怎样，他对我说，法庭上出现了一些让人不愉快的人——一个下流的年轻人，一个很麻烦的农场主，一个美丽却不诚实的年轻女子。”

“我认为，你不能因为马修斯博士说了什么，就全部当真，”弗雷德勉强说道，“你也知道的，他写小说。”

“是的，”弗劳尔迪教授疑惑地说道，“他肯定觉得很迷惑。”

弗雷德是来接他的教授去听晚间讲座的，这是他的分内之事。这次讲座（为了彰显其重要性）是在老学院的东教室举行。原子的结构是什么样的？如果人能够看见原子，原子该是什么样子？在这两方面，仍然在曼彻斯特的欧吉斯特·卢瑟福与自己的老导师 J. J. 汤姆森有了分歧。这次讲座就是要谈这一点，内容真是比较微妙。卢瑟福本人无法前来，但他从曼彻斯特派出了私人助手汉斯·盖革和非常年轻的研究生做演示者，后者的名字叫马斯登。

“我就不去听他们的讲座了，”弗劳尔迪教授说道，

“希望你能做一份全面的记录，非常感谢。我觉得他们可能不会发放印刷资料。卢瑟福提出了核型原子的概念。这并无半点惊人之处。牛顿本人也提出过，虽然有悖他自己的理论，但也不是唯一一次。然而，卢瑟福声称，他能够证明核型原子的存在，证明这种不可观察到的东西是存在的，而这种不可观察到的东西由不可观察到的东西组成，取决于能量的交换。至于能量交换什么时候进行，如何进行，他只能说对此还不清楚，可他说我们必须把这当作物质不可再分的单位。”

弗雷德意欲独处，但他说：“教授，你应该去。”

“不，费尔利，我可能会做出不得体的事情。我可能会问：‘不可观察到的东西如何是不可再分的？’或者，我得说，很快他们就会提出，那东西也是可以再分的。”

“那好，我去看看他们说什么。我不知道他们会讲多长时间。”

“无论多长时间，等你回学院，就立刻来见我。”

“我要等到提问时间结束吗？”

弗劳尔迪教授不是很确定：“也不用听太多的问题。”

他的声音有点式微的感觉，就像是从沼泽吹来的风一天凉似一天，虽一叶未落，就感到了剑桥的秋天。弗劳尔迪教授绝对不会改变观点，对他而言，这就是不可能的事情。他也并非支持 J. J. 汤姆森的有序原子观点，而反对卢瑟福疯狂缥缈、变幻无常的原子观。在他看来，这两位伟大的智者都是在追求虚妄。他就像是本尼狄克十三世，也许可以承认自己的失败，但永远不会承认对方合法，甚至无法承认对方可敬。也许，他之后还得进一步深居简出，甚至不得不在牛津大学申请职位。但即便是这样，弗雷德·费尔利作为他的第一助手，这么些年了，从某种意义而言，是他最后的一搏，无论如何不能跟着他受罪。必须想办法让费尔利继续待在圣安杰利卡斯学院，体面而安稳地度过余生。

"走之前，不吃点什么，喝点什么？"

这一天，弗雷德经历了幻灭，经历了失落，他忘了自己只喝了一杯茶，吃了两块饼干。"不了，谢谢教授。"

"你恐怕会错过食堂的晚餐时间。"

"没关系的，我不吃了，谢谢。"

"好吧，那就待会儿见。如果你回来发现我已经睡着了，这很有可能，你准备怎么办？"

"到时候再想办法，"弗雷德说道，"我也许会弹弹你的钢琴，把你吵醒。"

"哦，声音不要太大，不要太大。"

教授凝神看了看他。"是的，你看起来的确不太好。

你刚进来的时候，就说了，是不是？遇到经济上的麻烦了？”

“教授，我心情不好。”

“好吧，也许不需要等提问时间了。讲座一完，就直接过来吧。”

最后，黛西离开医院之际，她问，可不可以见一见塞奇医生。不行，他正忙着呢，有一位病人，或者是几位病人在见他。是训话；病人对医生训话，如果有必要，会持续整个晚上。

“没关系，”她说道，“我写信吧。我给他写一封信。”

这也算是一种解脱吧，因为她不想离开塞奇医生。在伦敦，他给病人大肆开药，在剑桥，他看起来比病人还疯狂，但他明明白白地让人感到关心和信任。他也是黛西与黑修士医院最后的一点儿联系，黑修士医院也曾信任过黛西。明天，等他拿起《剑桥晚报》，他就明白黛西到底做了什么。繁重的熨烫工作，再找一个女孩来干，也不是什么难事。

她骑着借来的自行车来到瑞博恩家。瑞博恩先生不在家。瑞博恩太太坐在一堆小小的炉火前，知道丈夫不在家，很是放松的状态。黛西受过训练，不要站在门口，否则冷风就会灌进房间，于是黛西走进房间，关上门，她站在门背后，表示自己马上就要离开。

“再见了，瑞博恩太太。发生了法庭上的事情，我不能再在剑桥待下去了。”

“是的，黛西，我也觉得如此。”

“我没有想到事情会发展成这样。”

“你肯定是没有想到的。”

“凯利就那样出现了，谁会想得到呢？”

“是呀。”

黛西叹了一口气。“我把自行车和门钥匙都放好了。但我想送给你点东西，作为纪念。”

“哦，黛西，我不会忘记你的。”但黛西坚持要送，把左手的金戒指摘了下来。

“自从我到了这里，戒指也松了。”

“黛西，戒指可没有松，它的大小是不会变的。你把戒指拟人化了，英语这门语言的一点不足之处。你是想说，你瘦了。但不管怎样，你不能给我这枚戒指。这是婚戒。”

“瑞博恩太太，我认为不是婚戒。这是我埃利姨妈的东西，她终身未嫁。”

瑞博恩太太雅量高致，收下了戒指。她觉得筋疲力尽。黛西居然还有过姨妈，她吃了一惊。

黛西去阁楼拿自己为数不多的几样东西。她的箱子还存在利物浦街车站的行李处，一直没有领。这段时间，她就靠着手提包呢，就像流浪者一样，她对自己的手提包喜欢得不得了。毛刷、梳子、胸衣、薰衣草香水、手绢、祈祷书、手套，袜子，统统装回包里。这是杰迈玛牌子的包，可伸缩的弹性材料做成，即便是这样，也裂开了口子。

拎着装得鼓鼓囊囊的包走在路上，她觉得自己像是那种人，本来拎了小猫要去淹死它们，到最后关头又改变了心意。雨仿佛是要越下越大。她曾有一把结实好看的雨伞，但现在没有了。塞奇医生有两个厨子，她把伞借给了其中一个。她很不喜欢讨要自己的东西，仿佛一张嘴，其中的善意就荡然无存。

她穿过马路，站在水沟边，等着搭便车。还是个孩子的时候，她总梦想着旅行，但绝不是花一半的时间在剑桥镇的郊外与利物浦街车站之间穿梭这种旅行。现在，想到那个硫磺味呛鼻的车站，想到车站一排排深蓝色的镀锡标语牌，她的眼泪涌了上来。她憋了一个小时又一个小时，她一直在等待时机，要像酒馆门口的醉汉那样，好好哭一场。她一无所有了。她很害怕等她回到伦敦，凯利就会找到她。但她并不是因为害怕而哭泣，而是因为对弗雷德的伤害而哭。

从她站的地方，可以看到对面瑞博恩家的前厅，在瑞博恩先生回来之前，家里就只有一盏灯。但特纳农场就不一样了，房子离马路有好长一段距离，每个窗户都灯火通明，仿佛是在庆祝一般。农场的房子传来两三声高呼，接着传来嘎吱哗啦的声音。仿佛是梦境重现，黛西看到一辆马车从特纳农场的出口驶了出来。可能是同一辆马车，但这辆车上点着安全油灯。马车穿过马路，右转，在黛西站着的地方停了下来。

驾车的是个女人，身上裹着毯子，包着防水布，宛如一个包裹。这个女人什么都没说，于是黛西拿起自己的包，用手背抹了一把脸，伸出一只脚，踏上滑溜溜的铁踏板，一跃而上，挨着驾驶的女人，坐到了驾驶座上。马车一个摇晃，又稳住了，女人不带任何感情地说道："我要去切斯特顿我姐姐家。那个老特纳，今天晚上我是多一分钟都受不了了。"

天已经黑了，马显然是不愿意离家。这个女人狠狠地抽了几鞭子，马摇晃脑袋，身上的雨水甩落开来，雨珠在马车前灯的照耀下，闪闪发光。接着，马迈开蹄子，缓缓而行。马车行驶得很慢，路上所有的交通都超车而过，但路途并不安静。这辆马车就像是大海里航行的一艘船，不仅倾斜，还要颠簸；轮子上有根辐条松动了，时时传来尖锐的声音；再加上车箍和挽绳的嘎吱声；随着马蹄子深一脚浅一脚的咔哒声，马儿喘着粗气，仿佛是来自内心深处的抗议。这一趟路似乎不短也不长。坐在马车上，伴随着平静、闹腾、熟悉而单调的不舒服，仿佛与人隔绝，与世隔绝。

黛西看着路灯，知道她们肯定是到了切斯特顿路，她想从这儿搭公交车到火车站。在马车上晃来晃去，她几乎要睡着了，现在她转头望着身边裹着毯子和防水布的女人。

“请你慢一点，我好跳下去。非常感谢搭我一程，否则我还真不知道该怎么办了。”

“你看起来像是失去了什么，所以我停下来，载了你一程。”

黛西犹豫了一下：“你不知道我是谁。”

“不，我知道。”特纳太太说道。

马车以同样缓慢的速度走开，尾灯渐渐远去。黛西站在切斯特顿街道的公交车站上，背对着沼泽地吹来的冷风。风越来越大，刮过来，感觉不太像刀刃，像是刀尖。雨已经停了。没有车开过来，没有城市的公交车，也没有公牛酒店每一小时就环小镇一周的班车。黛西从外套口袋中掏出护士手表。已经八点过很多了，肯定都不再发车了，她错过了最后一班。她开始朝火车站走去，现在她满脑子想的都是怎么抄最短的路，从剑桥穿过去，走到车站路。习惯使然，自责总是耐心地等待脑子清空的那一刻，现在它抓准机会，乘虚而入。

黛西过了河，左转，顺着耶稣路而下。这就走错了。她得在某个地方右转，回到圣安德鲁街。当然，她不应该顺着一条昏暗的小路，沿着古老石墙的墙角而行。这是她从未来过的地方。太小了，不应该是学院，也许是监狱。

人凡是被圈在了外面，总是想找个地方进去，她也是如此，脑子都没动，就这样找。又走了几码的距离，她看到了一扇门，大开着，就像是一条大裂缝。这样的地方，天一黑，就应该立刻关门闭户才对，可她也不惊讶。然而，看到这样的情景不惊讶的人，在剑桥也没有几个，她是其中之一。

人都会往里瞧一瞧。她看到了一个拱形的通道，比门宽不了多少，再往里就是绿色的草地和一棵树的枝丫。从通道的顶部和树背后的某个地方，有微弱的灯光照过来。她现在看出来了，这肯定还是个学院，但她从未进过任何学院，也没有打算要踏进这一个。

她听到了微弱的呼叫声，有人发出了痛苦的喊叫。她没有多想，径直穿过通道，看到一个老人穿着黑衣和袍子，靠在一棵大树的树干上，树叶微微抖动。黛西把湿漉漉的包放在草地上，跪在老人身边。他没有喝醉，但是，可怜的人呀，他是个盲人。脉搏缓慢，冷汗，没有更为严重的情况。普通的晕厥。黛西用胳膊抱住他，一用力，没有拖拽，轻轻松松就让他平躺在地上。头部与心脏在一个水平面上，他动弹了一下，说话了。

“门！”

黛西猜想老人是感到了从入口处吹来的新鲜气流。有时，很小的事情就会降低脑部动脉的血压。黛西握住他的手。

“没什么好担心的。”

从对面亮灯的小教堂走出来几个男人，也穿着袍子。不幸的是，他们看起来也是不问世事的类型。看到黛西，他们惊慌失措地叫起来，其中一个甚至发出了动物一般的恐惧叫声。

“听着，这样叫唤，可帮不上忙。”她利落地说道，“不要挪动他。不要喂他任何东西。盖上东西保暖，去叫医生。”

她把裙子一拂，站了起来。病人还握着她的手不放，但黛西见惯不惊，知道怎么处理，她轻轻掰开病人的手。病人清楚而微弱地说道：“当然了，这不可能是……”

黛西捡起自己的包，离开这群惊愕的男人，沿原路走出去，带上了高高的大门。其实比你想象得容易很多。哐一声，铁门锁紧紧关上了。

黛西在里面肯定有五分钟，最多五分钟。然而，因为这短暂的耽搁，结果就是，她碰上了慢慢走回圣安杰利卡斯学院的弗雷德·费尔利。